三河雑兵心得

# 伊賀越仁義

井原忠政



双葉文庫

目次

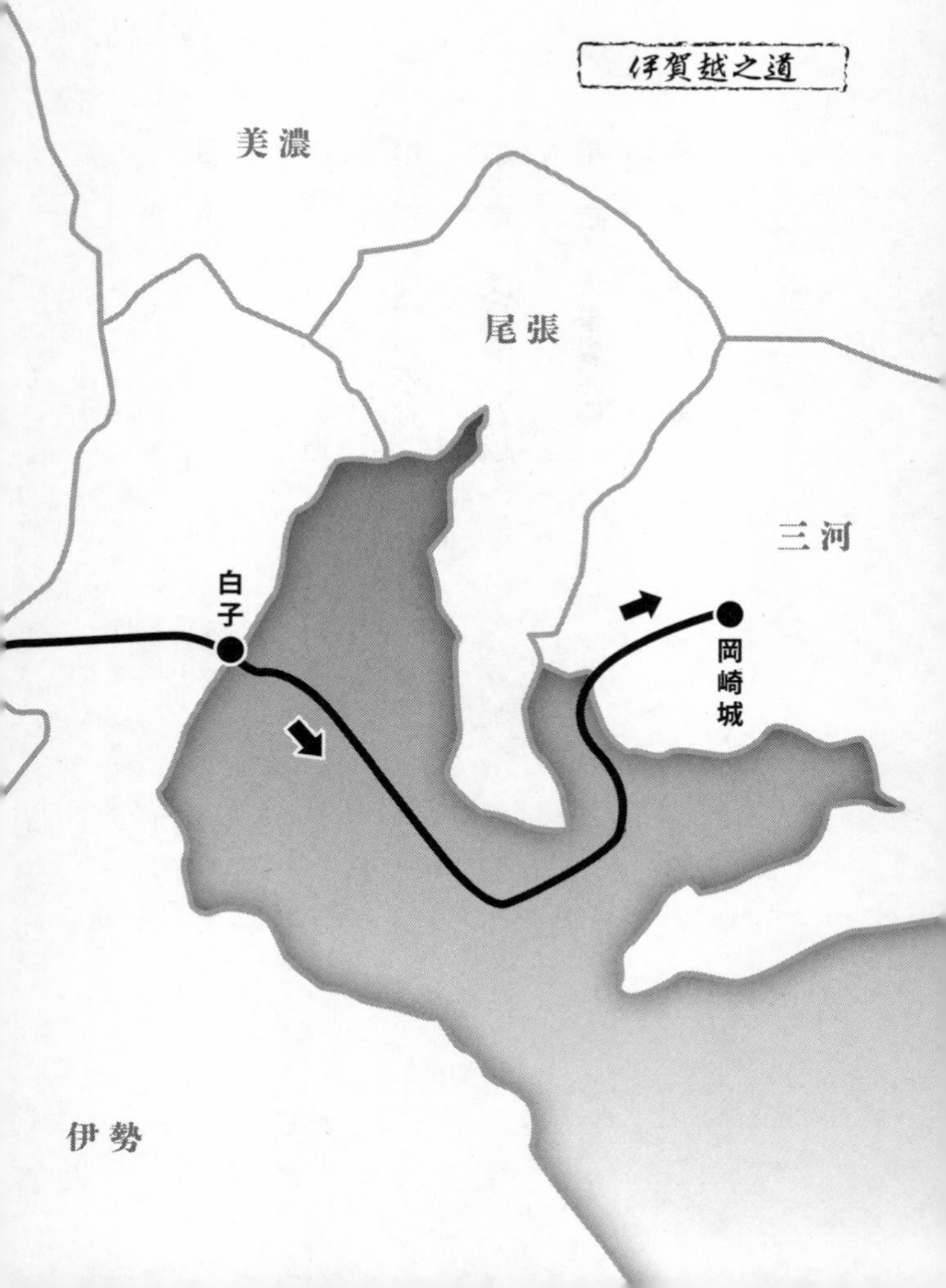
伊賀越之道
美濃
尾張
三河
白子
岡崎城
伊勢

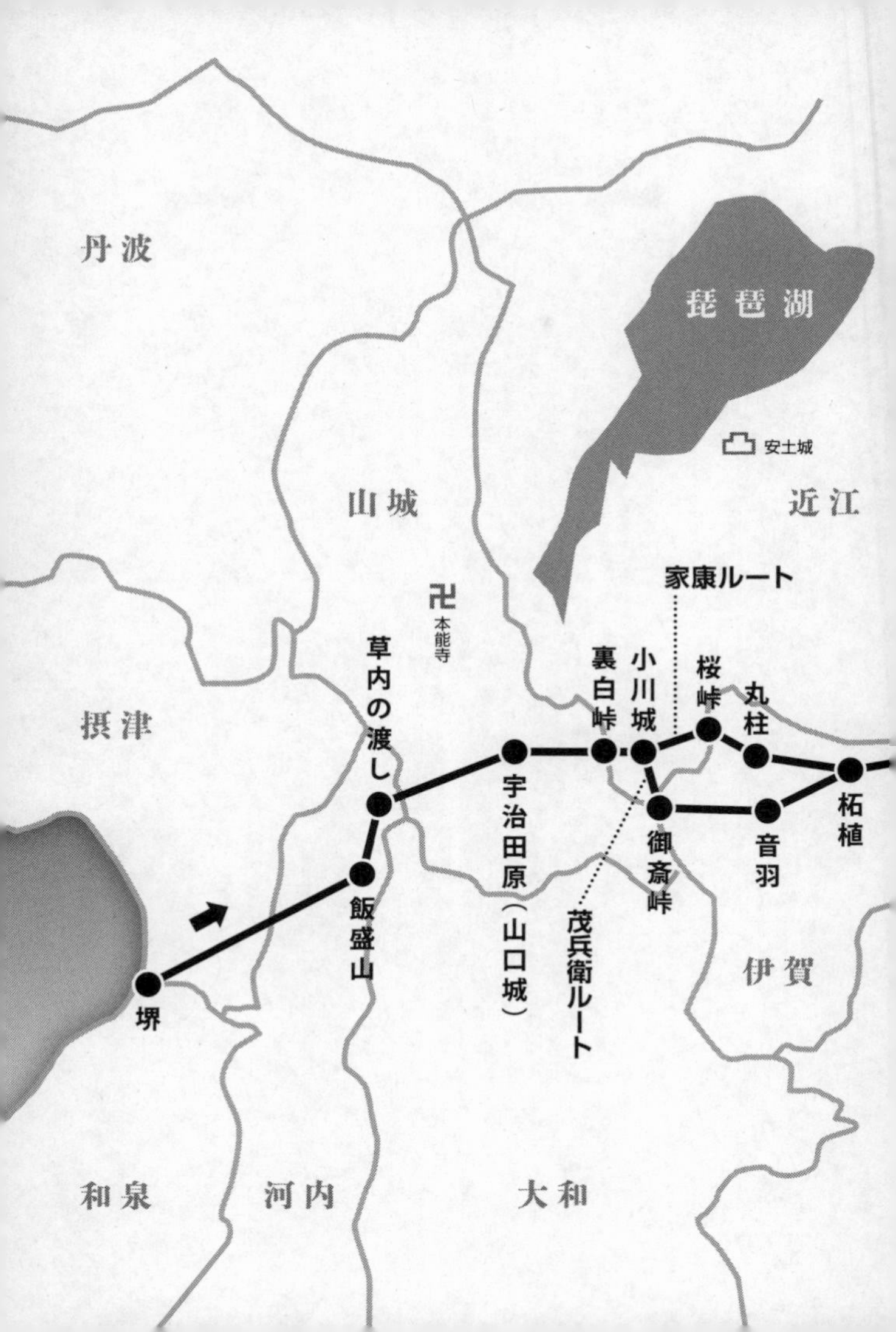

丹波
琵琶湖
安土城
山城
近江
家康ルート
本能寺
草内の渡し
裏白峠
小川城
桜峠
丸柱
摂津
宇治田原（山口城）
御斎峠
音羽
柘植
飯盛山
茂兵衛ルート
伊賀
堺
和泉
河内
大和

# 三河雑兵心得　伊賀越仁義

# 序章　もう一つの道

本多平八郎《ほんだへいはちろう》が乗る軍馬と、植田茂兵衛《うえだもへえ》の農耕馬では脚力が違い過ぎた。

「茂兵衛、すまんが先に参るぞ」

先を行く平八郎が、振り返って怒鳴った。

「本来ならば本能寺《ほんのうじ》の件、おまんの口から直接にお伝えすべきが筋だが、なにせ非常時じゃ。一刻も早《はよ》うに殿の北上を止めねばならん」

「お気遣いは無用にございます」

鞍《くら》のない裸馬を急《せ》かしながら怒鳴り返した。

平八郎が鞭を入れると、彼我の差はどんどん開き、気づけば、茂兵衛はただ一騎で東高野路《ひがしこうやじ》を南下していた。今は枚方《ひらかた》か、交野《かたの》の界隈《かいわい》であろう。道はこの先四條畷《しじょうなわて》から八尾《やお》を経て、紀州《きしゅう》へと続いていく。京《きょう》の都と高野や熊野《くまの》を結ぶ古《いにしえ》からの参詣道である。

馬は相当に疲れていた。元々農耕馬だから、走るのはあまり得意でないのだろう。無理を強《し》いて、山崎《やまざき》からの四里（約十六キロ）は駆け通しだ。季節柄、気温や湿度も高く、首筋の辺りには白く汗が吹き出していた。

「どう、どう」

茂兵衛は手綱を引き、駄馬を歩かせた。

（これから殿様を三河《みかわ》まで逃がさにゃならん。先は長いし、ここで馬を乗り潰すのは得策でねェわ）

平八郎たちが先行してくれている安心感もあり、しばらく馬の回復を待つことにした。

「すまんのう。少し休んだらまた走ってもらうが、頑張ってくれや」

馬に話しかけて首筋を優しく叩いた。駄馬は如何にも不満そうに鼻を鳴らし、ブルルと胴震いした。心の交流を感じないでもなかったが、馬では話し相手にならない。手持ち無沙汰に飽かせて、今後のことや三河への逃走経路について考えてみた。

（思うに、道は四つあるがや）

茂兵衛は、筵《むしろ》だけを敷いた馬の背で、指を折って数えた。

（まず住吉《すみよし》には織田三七郎信孝《おださんしちろうのぶたか》がおる。重臣《おとな》の丹羽長秀《にわながひで》と一万四千からの軍勢を率いとる。これに合流すれば光秀《みつひで》は怖かねェ。でも、最前に平八郎様から叱られた通りで、織田方に下駄を預けるのは確かに危うい。光秀と誰がどこで結託しとるのか分からんものな）

信孝は織田信長《のぶなが》の三男である。上に長兄の信忠《のぶただ》、次兄の信雄《のぶかつ》がいるから信長の後継者への道は果てしなく遠い。もし今、父と長兄を除けば、次兄は凡庸——信孝が織田家の棟梁に収まる道が一気に開ける——そんなことを、光秀が信孝に囁《ささや》いた可能性は否定できない。

（慎重な殿様のこと、ま、住吉行きはねェな。他には……堺《さかい》まで戻って船を仕立て、海路三河を目指す手はどうだろう？）

堺から紀伊水道《きいすいどう》を南下、熊野灘《なだ》を東へ渡って、伊勢湾《いせわん》なり三河湾に入る。

（堺には九鬼嘉隆《くきよしたか》が常駐しとると聞く。九鬼水軍を味方に付ければ航海は無事だろうが、なにせ相手は海賊大将だ。敵か味方か分からねェ野郎の掌《てのひら》の上に乗るのは、住吉行きと同じ理由でねェわな。海路もなしだ）

——大勢力には頼れないというなら、己が足で危機を突破するしかあるまい。

（北上して近江《おうみ》に入り、琵琶湖《びわこ》南岸を伝って尾張《おわり》に抜けるか？　東へと走り、伊《い》賀《が》を抜けて伊勢に出るか？）

北上するのは如何にも危なく思えた。敵である光秀に、こちらから近づくことになる。もし光秀が、織田の本拠地である安土《あづち》に兵を進めれば、鉢合わせともなりかねない。そもそも、琵琶湖経由はかなりの迂回路で、時間がかかり過ぎる。対する紀伊半島越えは、最短距離だし、光秀本隊と遭遇する可能性はまずあるまい。問題は、ただ一点——伊賀には昨年、数万の織田軍が侵攻している。天《てん》正《しよう》伊《い》賀《が》の乱《らん》と呼ばれる猛攻で、伊賀では士も民も、老若男女《ろうにやくなんによ》を問わず盗まれ、犯され、殺された。信長の嫌な面、陰湿な性格が如実に出た、延暦寺《えんりやくじ》焼き討ちと並ぶ大虐殺である。その遺恨が、怨嗟が、信長の忠実な同盟者である家康《いえやす》に、刃を向けさせれば一大事だ。

（殿様、八方塞がりだがね……や、もう一つあるぞ）

茂兵衛は馬上で周囲を見回した。元より東高野路に人影はない。二町（約二百十八メートル）離れた田圃《たんぼ》で、数名が農作業中であるだけだ。

（いっそよォ。徳川《とくがわ》を挙げて、明智《あけち》側に寝返るってのはどうだら？）

ほぼ天下を手中に収めた信長と嫡男《ちやくなん》信忠を同時に攻め殺す。とてつもない謀略である。信長麾下《きか》の一軍司令官に過ぎない光秀が、単独でやった謀反《むほん》とは考え難い。誰か後ろ盾が、黒幕がいるに相違ない。朝廷か、足利将軍《あしかが》か、はたまた本《ほん》願寺《がんじ》の残党なのかは分からないが、謀反の裾野が思いの外に広がっている可能性がある。家康としては掌を返し「そちら側に付く」という選択肢もなくはないはずだ。

「伊賀や甲斐《かい》での信長の無慈悲ぶりに愛想が尽きた。後生が恐ろしくなった」

——とでも言い募れば、誰もが感じている事実なだけに、家康を裏切者と誹《そし》る者はあるまい。むしろ謀反側は、三河、遠江《とおとうみ》、駿河《するが》の太守にして戦上手《いくさ》、律義者の誉れも高い家康の同心を嬉々として受け入れるだろう。

信忠の厚情を思えば茂兵衛にとっては、個人的に切ない選択であるが、徳川も御家の存続がかかっている。この際、中途半端な綺麗事や道義心は、滅亡を意味するだけだ。

（明智方に寝返る……なくはねェな）

なぞと考えながら南下を続け、未《ひつじ》の下刻（午後二時頃）、四條畷の飯盛山山麓《いいもりやまさんろく》で家康本隊に行き合った。一行は、禅寺に入り休息していた。ただ、境内に腰を下ろす誰もが緊張の面持ちで、落ち着きが感じられない。

（本能寺のこと、皆に伝わっているのかな？）

ことが事だけに、平八郎は家康と重臣以外には事実を伏せるだろうと思ってい

たのだが、意外である。

（なんにせよ俺としちゃ、一刻も早く殿様に目通りし、自分の見たこと聞いたこ

とを報告するのが役目だ）

「おい、茂兵衛、その形ァなんなら？」

大久保忠世の麾下にあった頃から、物頭同士として気の置けない仲の大久保

忠佐が声をかけてきた。

そういえば茂兵衛は、二条新御所を抜け出したときの装束のままだ。白張に

小袴をはき、脛を出している。腰に打刀こそ佩びてはいるが、御所に仕える雑

用夫の姿だ。

「や、これは、その、あれにございます……」

まだ平八郎が本能寺の件を伝えているのか分からない。どう返事をしていいの

か迷って、しどろもどろになった。

今回の旅に大久保忠世は参加していない。その代わりに、弟忠佐と嫡男忠隣を

同行させている。忠佐は忠世の弟で、茂兵衛隊の筆頭寄騎である彦左の兄だ。彦

左の狷介さもなければ、忠世の得体の知れなさもない常識人だが、短気である。

ちなみに、槍の腕は兄や弟を凌ぐ武辺だ。

「おまん、平八郎様と会ったのか？」

「はい、京から下る道で行き合いました」

「京で、なんぞあったのか？」

「さ、さあ？」

困りに困って、一応は惚《とぼ》けた。

「こっちは大変だったんじゃ。殿が卒中を患《わずら》われてのう」

「ええッ。そ、卒中にございまするか⁉」

思わず目を剝《む》いた。信長の横死に動転し、家康が頓死したのでは洒落にもならない。

「平八郎様が駆け戻ってきて、なんぞ耳打ちされたがや。ほうしたら『う〜ン』と唸られて、馬からずり落ちそうになられたのよ」

流石《さすが》は主従だ。その辺の反応は平八郎と同じではないか。

「叔父御、大袈裟じゃ。卒中などではねェわ。殿は暑気に当たられただけよ。涼しい場所で休めばすぐに回復すると左衛門 尉《さえもんのじょう》様（酒井忠次《さかいただつぐ》）が仰ってたがね」

今年で三十になった大久保忠隣が、襟元の汗を拭いながらニヤニヤと笑った。

この感じ――どうやら、家康一行に流れる緊張感の正体は「殿様の体調不良」であって、本能寺の事実はまだ伏せられているようだ。

「こら茂兵衛、早う来い。殿がお待ちじゃ」

本堂の廊下から平八郎が大声で呼んだ。

小走りに本堂へ向かう途中、所在なさげで庭石に腰を下ろす長谷川秀一《はせがわひでかず》と目が合った。長谷川は信長の最側近である。主人の信頼が篤く、今回家康の堺見物に織田側の案内役として同道している。

長谷川は、茂兵衛の白張姿を不思議そうに眺めていたが、目が合うと軽く微笑《ほほえ》み、会釈をしてきた。彼の偉ぶらない円満な性格が態度に表れていた。

(この人の主人は、もうこの世にはいねェんだなァ。乱世の倣《なら》いとはいえ、非情なもんだがや)

長谷川に会釈を返し、前を通り過ぎた。

「茂兵衛殿」

今度は穴山梅雪《あなやまばいせつ》の重臣、有泉大学助《ありいずみだいがくのすけ》が声をかけてきた。

「三河守《みかわのかみ》様は、余程お悪いのですか?」

不安げな目が「茂兵衛殿だけが頼り」と言っている。蚊帳《かや》の外におかれ、主人共々心細い思いをしているのだろう。

「それにそのお姿……京で、なんぞありましたのか？」

「ざ、暫時《ざんじ》待たれよ。それもこれも含め、すべてお伝え申します」

と、朋輩《ほうばい》を宥《なだ》めてさらに歩《ほ》を進めた。


家康は横たわっていた。

肥えた頬を上気させ、息が荒い。お気に入りの小姓である井伊万千代《いいまんちよ》——今年の初め、諱《いみな》を直政《なおまさ》と改めたそうな——が、広げた二面の扇子《せんす》を両手に持ち、主人の顔を必死で扇《あお》いでいる。

侍大将以上の重臣が十名ほど、陰鬱な表情をして無言で控えていた。茂兵衛は気配を消し、末席にそっと腰を下ろした。

「なぜ、よりによって今この時か⁉」

家康の独言だ。

「なぜ、明智が？　きっとワシは呪われておる。ま、まさか築山《つきやま》の怨霊が……」

うわ言のように独言を繰り返している。

「こらァ、植田！」

急に家康が身を起こし、末席で縮こまっている茂兵衛を指さした。

「はッ」

「たァけ！　とっとと報告せんか！」

雷が落ちた。転がるようにして進み出て、主人の前に平伏した。

「京で何があった⁉」

顔に息がかかるほどに、身を乗り出してきた。大きな怖い目で睨まれた。

「明智日向守《ひゅうがのかみ》光秀が謀反！　本日未明、織田信長様ご宿舎である本能寺を兵一万五千で囲み、本能寺は焼け落ちたそうにございます」

「なぜ明智と断言できる⁉」

「寄せ手の旗指は、どれも水色桔梗《みずいろききょう》でございました」

光秀は土岐源氏《ときげんじ》の庶流を名乗り、薄い青地に桔梗紋を掲げている。

「さらに、明智の家臣伊勢与三郎《いせよさぶろう》が一隊の指揮を執《と》っておりました」

「その伊勢を見たのか？」

「面頬《めんぼお》越しではありますが、言葉を交わしました。尤《もっと》も、なにせこの形《なり》、伊勢はそれがしとは気づかぬ風にございました」

白張姿のまま、綺羅星のごとき重臣たちに囲まれている自分が、少し滑稽だ。

「……ふむ」

家康は茂兵衛から視線を外し、長く息を吐いた。

「で、信忠卿は？」

声に落ち着きが戻っている。

「宿舎の妙覚寺《みょうかくじ》では防ぎきれぬと、隣地に立つ二条新御所に移り、籠城されてございます。ただ、味方は五百、敵は一万五千、さらに明智側には大筒《おおづつ》の用意もあり。あれでは、なかなか……」

数挺《ちょう》の大筒を使えば、城門などすぐに撃ち破られる。

「それでは、籠城戦にすらならんな」

平八郎が腕組みをして天を仰いだ。

「そもそも植田、おまんはどうやって京を抜け出てきた？　洛内《らくない》の関所をどう抜けた？」

家康がまた身を乗り出して訊いた。ただ、今回は目も顔も恐ろしげではない。よかった。完全に正気を取り戻している。

「それが、京の関所には明智勢はおりませんでした。地元の衛士《えじ》は逃げ去ったらしく、誰もおらず閑散としておりました」

「面妖な……」

石川数正《いしかわかずまさ》が呟《つぶや》き、家康を見た。

「で、おまんはどう感じた？」

家康が茂兵衛に質《ただ》した。初めて意見を求められている。人間扱いされている気がして少し嬉しかった。頭の中でよく考えてから口を開いた。

「明智は……あまり下準備はしておらなかったのかな、と」

「よう見た。それは十分にありうる」

家康がハタと膝を打った。

もし周到な準備の下での決起なら、現在十ヶ所ある京の通用口を固めぬはずがない。織田方の要人を逃がさぬためにも、情報を外部に漏らさぬためにもこれだけは必須だろう。

「光秀め。思い詰め、勢いで謀反を起こしたな。鞆《とも》の浦《うら》（足利将軍）や朝廷との連携を含め、綿密な計画の上でことを起こしたとは思えぬ……これでは、同心という手はないな」

家康が薄ら笑いを浮かべ、酒井を見た。

「御意ッ」

筆頭家老が短く返した。

家康はどうやら、重臣たちとすでに第五の選択肢——光秀側に寝返る策——を検討していたようだ。ただ、寝返るにせよ、三河に逃げ帰るにせよ、家康主従にとっての当面の敵は、落武者狩りの地侍や農民であることは間違いなかった。

# 第一章　梅雪の不覚

## 一

報告が終わると、茂兵衛は本堂を出された。ここから先は「重臣《おとな》のみの評定である。下がれ」と仲間外れにされたようで、気分はよくなかった。

庭に出ると、蚊帳《かや》の外に置かれている四十人からの面々が、話を聞こうと茂兵衛を取り囲んだ。

「植田。殿の御具合はどうなのじゃ？」

一番の年嵩で浜名城代《はまなじようだい》を務める本多百助《ほんだひやくすけ》が、一同を代表して訊いてきた。

「もうお元気になられました。その点は御安心下さい」

「本堂から殿の怒鳴り声が聞こえておったが、京《きよう》でなにかあったのか？」

家康の暑気当たりの他にも、なにか変事があったことは、誰もが薄々感じているようだ。勝手に話すわけにはいかないが、上役同僚相手に、あからさまな嘘も言い辛い。

「実は、京で一大事がございました。ただ、そのあらましはそれがしの口からはなんとも……殿のお言葉をお待ち下され」

「なんだら、そりゃ」

「こら茂兵衛、おまん、ワシらには聞かせられんと申すか」

場は騒然とし、茂兵衛は揉みくちゃにされた。

「たァけ。騒ぐな！」

本堂から外廊下へと出てきた家康の一声で、騒動は治まった。

「落ち着け。ワシの口から伝える」

家康は外廊下から庭へと下り、中央に進み出た。梅雪や長谷川を含めた全員が家康を取り囲み、片膝を突いて畏《かしこ》まった。

「皆、心して聞いて欲しい」

家康は抑えた声で話し始めた。もう冷静そのものである。うわ言を繰り返し、亡き妻の怨霊に怯えていた先刻とは、まるで別人だ。

「本日未明、京の本能寺《ほんのうじ》にて、右大臣《うだいじん》織田信長様薨去《こうきよ》！　焼け落ちる寺の中で、自刃された由」

「ええッ」

「なんと！」

一同、騒然となった。信長側近である長谷川秀一などは、目を剝《む》き、口をパクパクと開け閉めしている。失礼ながら、池の鯉《こい》を彷彿とさせた。

ただ、この家康の言葉には誇張が含まれている。茂兵衛が京を発《た》った今朝の時点で、信長父子の遺体は確認されていなかったのだから。「おそらく自刃して果てたのだろう」との見込み発言である。付言すれば、その後も父子の亡骸《なきがら》は出ていない。

「謀反人は明智日向守《ひゅうがのかみ》光秀」

今度は誰もが押し黙った。あまりの驚きに思わず息を飲んだからだ。なにせ光秀は、つい十日ほど前まで、安土城《あづちじよう》で家康主従の接待役を明るく務めていた人物なのだから。その光秀が——信長を殺した。

（ま、信長は敵にも味方にも厳しい野郎だ。そこら中が敵。そのうちの一人が今朝、辛抱堪らず爆発したってだけさ。さほどに驚く話じゃねェわ）

それが茂兵衛の偽らざる感想であった。傍から見ていても、それほどまでに信長という男は「危うかった」ということだ。勿論、本音《ほんね》はおくびにも出さない。只管《ひたすら》、周囲に合わせ、沈痛な面持ちで控えていた。

「今からワシは、信長公の御無念を晴らすべく、京へと上ろうと思う」

家康が続けた。

「光秀と一戦を交える」

一戦を交える――弔《とむら》い合戦だ。その心意気やよし。

ただ、光秀は信長麾下《きか》の五大軍団長（柴田勝家《しばたかついえ》、羽柴秀吉《はしばひでよし》、丹羽長秀、滝川一益《たきがわかずます》、明智光秀）の一人である。一万余の兵を率いている。対する家康側は梅雪が率いる十二名を含めても五十人ほど――戦《いくさ》になるまい。

先月、浜松城《はままつじょう》を出るときは、足軽や従僕を含め四百人からの人数がいたのだが、今回の徳川勢は客人である。織田家の接待を受ける身だ。大人数で押し掛けるのは不躾《ぶしつけ》だからと、途中で少しずつ三河《みかわ》へ帰し、京から堺《さかい》への旅に同道したのは、重臣ばかり四十名足らずだ。

誰もが口を閉じ、視線を地面に落とす中、茂兵衛は家康が、酒井忠次に短く目配せするのを見た。それに応じて酒井が挙手し、発言を求めた。

「多勢に無勢と申します。我が方は、梅雪殿の穴山衆を含めても五十ほど。とても、とても」

と、悲しげに首を振った。

「なに、勝てんでもええわ。憎《にっく》き謀反人に一矢を報いた後は、知恩院《ちおんいん》へ入って腹を切り、右大臣家に殉じる。それがワシの義よ！」

と、家康は叫び、拳を握りしめた。

家康の言葉を聞いた一同は様々な反応を示した。ある者は、幾度も頷いて共感し、ある者は感激して落涙し、ある者は俯《うつむ》いて唇を噛《か》んだ。

その中にあって茂兵衛は、茂兵衛だけは——困惑していた。

(ど、どうなってんだい？　誰かなんとか言ってくれよォ)

人の目がなければ、両手を広げて天を仰いでいるところだ。

(負け戦と分かって突撃し、勝てなくて上等、あとは腹を切るのか？　それで満足か？　おいおいおい、勘弁してくれよォ)

生まれが農民である茂兵衛には「武士らしい死に様を求める」という感覚が本質的に薄かった。これがせめて、主人家康の為に死ねと言うのなら——家族や朋《ほう》輩《ばい》のために死を選べというのなら、茂兵衛も武士の端くれ、辛いが納得しよう。

だが、主従関係すらなく、尊敬もしていない他所《よそ》の殿様に殉死するのは御免だと思った。

（逃げりゃええじゃねェか。逃げて、逃げきれなくなったとき、初めて腹を切る。それでええがね）

　今度は平八郎が手を挙げた。

「腹を切るのは、信長公の御無念を晴らした後でも遅くはござらん。まずは三河に戻り、仇討ちの兵を整え、改めて京へ攻め上るべし」

（そうそう。流石《さすが》は平八郎様だがや）

「平八、なにを悠長な！」

　家康が顔色を変えて、平八郎を詰《なじ》った。

「おまん、信長公を失ったワシの憤り、無念が分からんのか！」

「申しわけございません」

　と、平八郎が叩頭した――少しだけ、芝居がかっている。

「殿が、このまま五十騎で突っ込み、知恩院で自刃されれば、それを一番喜ぶのは誰か？　謀反人の光秀にございまするぞ」

　酒井忠次が平八郎の策を支持した。

一座を沈黙が支配した。

「うーむ。平八郎ばかりでなく、左衛門尉《さえもんのじょう》まで同じことを申すか……伯耆《ほうき》（石川数正）、おまんはどう思う？」

「手前も、左衛門尉殿に同心仕《つかまつ》る」

「なんと、おまんまでもが……一理はあるのかも知れんが、それにしても……」

そう言って家康は、さも悔しげに面《おもて》を伏せ、両手で顔を覆った。が、すぐに顔を上げて叫んだ。

「よし。無念じゃが、ここはひとまず、三河へ戻ろう！」

（ああ……なるほどね）

ここで茂兵衛は、この一連の件《くだり》が、家康主従阿吽《あうん》の呼吸《こきゅう》による儀式、乃至《ないし》は芝居であることに気づいた。

（そもそもよォ）

平八郎の「信長嫌い」は有名だし、家康は信長の命により妻子を殺さざるを得なかった。長篠戦《ながしののいくさ》の直前、茂兵衛に耳打ちした折には、「信長」と憎々しげに呼び捨てていたほどだ。そんな二人が、本気で信長の死を悼み、弔い合戦をしようなどと思うはずがない。ましてや、殉死しようとはまず考えまい。ただ、この場では、芝居をせねばならないわけがあった。

部外者の存在である。

梅雪や、案内役として随行している信長側近の長谷川秀一がこの場には同席している。家康としては「まず三河守は、信長公の仇を討つ姿勢を見せた」「己が身の安全より、信長公に殉じる道を選ぼうとした」との体裁をとる必要があるのだろう。

一つには「徳川殿は、乱世に希《まれ》な律義者」との世評を維持するためだ。永禄《えいろく》五年（一五六二）の清洲《きよす》同盟締結以来、家康は常に信長の命令を墨守《ぼくしゅ》、彼の覇道を支えてきた。終《つい》には同盟維持のために、妻子をも従容《しょうよう》として切り捨てた男である。世間から見て、これに勝る律義者はおるまい。離反や裏切りが当たり前の世相にあっても、忠臣や善人、義に篤い者は評価されるのだ。

次に、今回の変事では、信長とともに嫡男《ちゃくなん》信忠までもが横死している。信長には信忠以外に定まった跡取りはいない。他に信雄や信孝など成人した男子はいるが、そろって暗愚だ。もし家康が信長が作った大帝国の後継者として——ま、そこまでいかなくとも、帝国内での発言権を確保するためには、信長への忠誠心の高さを喧伝しておく意義は大きいはずだ。

やがて家康の言葉は、梅雪や長谷川の口を介して世間に広まる。家康の立場は有利になるはずだ。

家康は信長の死を伝え聞いたとき、落馬しそうなほどに動揺した。しばらくは動転し、茂兵衛に八つ当たりまでした。しかし、すぐに気持ちを切り替え「信長後の世界」への布石を着実に打った次第だ。

ただ、今後の発言権云々の前に、家康主従にとっての喫緊《きっきん》の課題《かだい》は「生存」であった。謀反人光秀は、家康の接待役であったのだ。家康が堺にいることをよく知っている。必ずや信長の同盟者である家康と、それに従う穴山梅雪の捕縛に動くはずだ。

「で、これから我らは如何致しまするのか？」

百助が皆を代表して家康に訊ねた。

「諸般の事情を勘案し、今より策を練る。慌てて動くことはしない。ただ、一旦動けば、数日は休まず突っ走ることにもなろう。皆々、十分に寝て英気を養っておくように」

そう言い残し、家康は重臣たちとともに本堂へ戻って行った。

二

すぐに長谷川秀一が、本堂内へと呼び入れられた。穴山梅雪に声がかかることはなかった。

陽のあるうちに、使番《つかいばん》と思しき騎馬武者が数騎、順次、寺を発《た》ち、それぞれ東の方角に駆け去った。

「使番が東へ向かったということは、伊賀《いが》を越える気かな？」

有泉大学助が茂兵衛に囁《ささや》いた。

「ほうだのう」

茂兵衛は穴山衆と共にいた。「眠って英気を養え」と家康は命じたが、誰も目が冴えて眠れない。三々五々、車座になって、今後のこと、昔のことなどをアレコレと語り合い、時を潰していた。

「のう、植田？」

床几《しょうぎ》に腰をかけて瞑目し、若い家臣に肩を揉ませていた梅雪が口を開いた。

「はッ」

慌てて向き直り、威儀を正した。梅雪は手を振って、揉み治療を止めさせた。

「三河守《みかわのかみ》殿はワシについて、なんぞ言っておられたか？」

と、ここで目を開き、茂兵衛を見た。すがるような、泣き出しそうな目だ。

有泉以下の家臣たちが、主人と徳川からの寄騎の会話を注視している。

「さて……」

ここではたと困った。

最近、家康から梅雪に関する特段の命は受けていない。つまり言及はないということだが、それをそのまま伝えるのは如何なものか。茂兵衛は、徳川から派遣された寄騎である。茂兵衛の安易な発言は、政治的な意味を持ちかねない。寄騎は徳川の外交官としての役目も担っているのだ。信長横死という緊急事態に、家康は重臣ばかりと密談し、今ここにきて長谷川が評定に呼びこまれた。主家を裏切った者として、織田からも武田《たけだ》からも嫌われている梅雪が、疎外感を持ち不安になる気持ちも理解はできた。

（適当なことを言って元気づけるか？　ま、言質《げんち》を取られるのは論外だから、どうとでも取れる、当たり障りのねェ言葉で……）

「主人家康は、梅雪様と穴山衆の今後の活躍に、大きな期待を寄せているように見受けられまする」

「見受けられる？　左様に申されたわけではないのだな？」

「それがしに、梅雪様をしっかりお支えするようにと、確かに申されました」

しっかり支えろとの命は受けていない。もし裏切るようなら殺せ、との命なら受けた。ま、このぐらいの嘘は方便だろう。

「許せ。植田を問い詰めても詮無いことだな」

「畏れ入りまする」

ホッとしながら頭を下げた。

「女子《おなご》の気持ちが……」

「は？」

梅雪が呟くように、もごもごと低い声で言ったので、よく聞き取れなかった。

「男に愛想を尽かされかけておる女の気持ちが、最近妙によう分かる」

「……」

流石に返事のしようがなかった。

「或いは日向（明智光秀）も、似たような気分だったのかも知れん」

と、吐き捨てるように口走った言葉を聞いて、家臣たちの間に緊張が走った。

聞きようによっては、謀反に理解を示した風にも受け取れる。

茂兵衛は機敏に周囲を見回した。幸い声の届く範囲に、徳川衆の姿はない。

（信長と光秀のことを言ったのか？　勝頼《かつより》と自分のことを重ねたのか？　まさか家康様と手前ェ《てめ》の話じゃあるめェな。ことと次第によっちゃ、俺ァあんたを刺し殺さなきゃならねェんだぜ？）

茂兵衛としても、聞き捨てにはできなかった。

「梅雪様」

「なんじゃ？」

茂兵衛が呼びかけてから三呼吸ほどの間をあけ、梅雪がようやく応えた。

「我が殿と信長公は異なりまする。人にはそれぞれ好き嫌いがございましょう。しかし上に立つ者が、己が好き嫌いで政《まつりごと》をおこなうようでは、下の者はついていけませぬ。引いてはお家の基礎が揺るぎかねない。失礼ながら信長公はそれをやり、我が殿は決してそれを致しませぬ」

家康は政に私情を一切挟まない。組織防衛のためならば、妻子さえ殺した。そういう事情を知っているからこそ、三河者の忠義心、家康への信頼感は岩のように固いのだ。

「梅雪様が徳川に誠実である限り、我が殿の方から、穴山家を切り捨てたり、排除したりすることは決してございません。こうして寄騎に付かせていただいたのも他生の縁、率直に申し上げます。家康公を信じ、どこまでもついていかれるよう強くお勧め致しまする」

と、一気に語ってから叩頭した。

一座に、居たたまれないような、重苦しい沈黙が流れた。

「しかと、承った」

しばらくしてから梅雪が呟いた。茂兵衛は顔を上げ、梅雪の目を覗き込んだ。切なげな、心細げな目だ。そして梅雪は――目を逸らした。

日没近くなった頃、梅雪を含む全員が本堂内へと呼びこまれた。

「三河へ戻る道筋じゃが……」

今回も家康が直々に話した。普段なら、家老の酒井忠次や石川数正から伝えられることが多い。それほど重大な局面だということなのだろう。また一行の多くが重臣や側近と呼ばれる者たちで占められていることも無関係ではあるまい。ちなみに、茂兵衛は重臣でも側近でもないが、梅雪の寄騎としてこの場にいる。

「この地より東へ進み、甲賀《こうか》、伊賀を経て伊勢《いせ》に抜けるつもりじゃ」

「なんと、伊賀を？」

家康の言葉に、本多百助が目を剝いた。

「織田勢が伊賀を攻めたのは昨年の九月にござるぞ。一年も経っておらん。例によって織田勢は無慈悲に攻め過ぎた」

ここで信長側近の長谷川秀一が、決まり悪げに顔を伏せた。「攻め過ぎた」は長谷川に配慮した言葉だ。実状を言えば、信長が好む「根切り」という名の皆殺しをやらかしたのである。

「織田の同盟者である徳川を、伊賀衆がすんなり通すとは到底思えませぬが」

「百助、それには備えがある。ま、聞け……」

第一の備えは、その長谷川秀一である。

天正《てんしょう》伊賀の乱では、すべての伊賀国衆《くにしゅう》が信長に歯向かったわけではない。福《ふく》地《ち》氏や耳須《みみす》氏などは、織田勢の道案内を務めたほどである。また伊賀の隣国である近江《おうみ》甲賀の山口《やまぐち》氏や多羅尾《たらお》氏なども伊賀攻めで功績を挙げた。その親織田派の国衆たちへの恩賞の取次をしたのが、他ならぬ長谷川秀一だったのだ。家康の「信長に殉死する」との芝居——もとい、決意に感動した長谷川は、親しい甲賀や伊賀の国衆たちとの仲介役を自ら勝って出てくれたのだ。

第二の備えは、服部半蔵《はっとりはんぞう》だ。

（なんであの野郎が、こんなとこにしゃしゃり出てきやがるんだ……そうか、野郎の出自は、確か伊賀だったなァ）

どうやら天敵が活躍しそうで、茂兵衛としては面白くなかった。

半蔵は父親の代から徳川に仕えているが、本貫《ほんがん》は伊賀だ。半蔵が、家康の下で隠密の元締めのような仕事をするようになり、伊賀の古い親類縁者との紐帯《ちゅうたい》を復活させた。その縁故を今、役立てようというのだ。

「他にも、近江《おうみ》を抜け尾張《おわり》に出る策、堺へ戻り船を仕立てる策、三七郎信孝殿と合流する策なども勘案したが、重臣たちとの評定の結果、伊賀越えが最も安全だろうということになったのじゃ。ここはもう議論はええ。今は心を一つにして、只々《ただただ》東へ走ろうぞ」

「おうッ」

不思議なほどに声が揃った。

ここで、やおら梅雪が手を挙げた。

「右大臣家の御無念を晴らしたいとの三河守様のお気持ち、拙者、感じ入りましてございます。ついては不肖梅雪、御一同の殿軍《しんがり》を相務めさせていただきとうございます。お許しいただけましょうや?」

(え?)

思わず顔を上げ、梅雪を見た。最前の愚痴の内容とは、随分印象の違う前向きの志願ではないか。

(俺の長広舌が効いたってことか?)

上役を説得し、心を動かしたとすれば、茂兵衛も外交官合格であろう。

「梅雪殿、殿軍を務めてくれるか」

「家臣十二名共々、命を懸けて相務めまする」

酒井や平八郎たちが互いに目配せを交わし始めた。なにか今の梅雪の言葉に、政治的意味でもあるのだろうか。

「もし家康に命あらば、必ずや今般の御厚情に報いましょうぞ」

「それは嬉しい。では是非御無事で三河にお戻りいただかねばならぬゆえ、この豪傑、植田茂兵衛は三河守様にお戻し致しましょう」

(お、そりゃええじゃねェか。俺としちゃ助かるわ)

茂兵衛は内心でほくそ笑んだ。梅雪は決して悪い人間ではないが、どうも愚痴が多く、辛気臭くていけない。

「や、それには及ばず。植田は梅雪殿のお側に」

家康は当然、そう言うだろう。

茂兵衛は、万が一梅雪が裏切った場合の――さしずめ、このまま家康と袂《たもと》を分かって京へ上り、明智方に寝返るとか――監視役、引いては刺客でもあるわけで梅雪の側に置いておかねば用をなさない。

「いえいえ、植田の無双の槍が三河への道を切り拓きましょう」

ちなみに現状、槍は手元にない。京を抜け出して以来、打刀《うちがたな》を一振り腰に佩《お》びているだけだ。

家康はここで黙り、梅雪の顔を見つめて少し考えた。

「分かり申した。植田は引き取りましょう」

頭の上での言葉の応酬で、自分の所属が決まったようだ。ここからは、家康の下へ原隊復帰することになるらしい。

伊賀越えと方針が決した後も、家康一行がすぐに動くことはなかった。方々に放った使番の報告を待っていたのだ。道筋に盤踞《ばんきょ》する国衆たちの中で、誰が味方で誰が敵なのか、見極めずに突っ込むわけにもいかないのだろう。

その間を利用して、茂兵衛は梅雪に簡単な暇乞《いとまご》いをした。

「短い間ではあったが、色々と世話になったな」

梅雪はなにか吹っ切れた様子で、淡々と茂兵衛に別れを告げた。決して上機嫌というほどではないが、最前の思いつめたような、鬱屈した表情とは明らかに違って見えた。

（ま、死ぬ気で殿軍を務めようと、肚《はら》ァ括られたってことだろうさ）

以前、梅雪は信玄《しんげん》時代を懐かしみ、茂兵衛に語ったものだ。

「御屋形様がおられた頃はよかった。信玄公はすべてを背負って下さった。我ら家臣は、御屋形様の意のままに動けばそれでよかったのよ。気が楽でな」

どんな仕事でも同じだろうが「これだけやればいい」「ここだけ頑張ればいい」と他律的に決められると案外心は楽になる。臨機応変、現場の自在度が高ければ高いほど――確かに面白く、やり甲斐はあるのかも知れないが――心は疲弊するものだ。

その意味で、只々奮戦し、時間を稼げばいいだけの殿軍は、今の梅雪にとって都合のいい役目なのかも知れない。

三

「出発はまだか。最前、使番が戻ってきたではないか」

大久保忠佐が、寺の花頭窓《かとうまど》から表を窺いつつ苛立った。五騎の使番が出発して、戻ってきたのはまだ三騎のみだ。

「叔父御、どうぞお座り下され」

甥の大久保忠隣が、欠伸《あくび》を嚙み殺しながら短気な叔父を宥《なだ》めた。

「五十人で歩けば、人目につきましょうから、殿は、暗くなるのを待っておられるのでござる。のう、茂兵衛殿」

「さ、左様でございますな」

と、愛想笑いを返した。この呑気な若者が、やがて父親である大久保忠世の跡を継ぎ、大久保党を率いることになる。好人物なのはいいが、今や大久保党は、上和田《かみわだ》の小豪族だった永禄の頃とはわけが違う。棟梁の忠世は二俣城主《ふたまたじょうしゅ》であり、先手役《せんてやく》の侍大将として、数千の兵を率いることもある。

「忠隣で、大丈夫か？」

と、忠世が心を痛めていることを茂兵衛はよく知っていた。次弟の忠佐は短気な武辺者、末弟の彦左衛門は偏屈な頑固者、嫡男の忠隣は狡さや厳しさに欠ける――大久保党は人材難なのだ。茂兵衛は忠世の寄騎を長く務めた。言わば大久保閥の一員だ。大久保党の命運が、自分の将来にもかかわってくる。忠隣の成長と覚醒を祈るばかりだ。

「たァけ。もう外は真っ暗だがや」

忠佐が、呑気な甥を怒鳴りつけ、嘆息を漏らした。

この緊急時に、随分と悠長にも思えるが、これは平八郎の発案であった。今夜は二日月《せんげつ》で、月明かりはないに等しい。しかし、平八郎の家臣には滅法夜目が利く植田丑松《うしまつ》が、茂兵衛の実弟の丑松がいる。彼が先導すれば、夜道を松明《たいまつ》なしでも進めるだろう。対する襲撃側は、煌々と松明を焚《た》いて接近せざるを得ないのだから、逃げるにしても戦うにしても、闇を味方にすることができる。

亥《い》の上刻（午後九時頃）まで待って、寺を出た。

目立つから往還は通れない。夜の生駒《いこま》山中を四里（約十六キロ）北東に進み、草内《くさじ》の渡《わた》しを目指すことにした。天正十年（一五八二）の六月二日は、新暦に直せば六月二十一日に当たる。蒸し暑さの中、五十人の男たちは私語もなく、黙々と暗い山道を急いだ。

先鋒は、服部半蔵と榊原康政《さかきばらやすまさ》が務めた。槍強者の渡辺守綱《わたなべもりつな》と本多百助が続き、家康の身辺は、酒井忠次、石川数正らの重臣たちが固めた。奇異に感じるのは、殿軍の穴山衆と家康本隊の間に、平八郎と茂兵衛、大久保忠佐を配したことだ。

手前味噌を承知で言えば――一番強い面子《めんつ》だ。

「殿は、穴山衆だけに殿軍を任せるのは、頼りないとお考えなのでしょうね」

駄馬の背に揺られながら、茂兵衛は前を行く平八郎の大きな背中に向かって質《ただ》した。月明かりこそないが、星明かりがあり、意外に歩き易い。さらには、みんな淡色や派手な色彩の小袖や羽織を着ているので、黒が基調の甲冑《かっちゅう》を着ての夜間行軍時より前を行く仲間の背中が見え易くもある。そもそも、馬は人より夜目がうんと利くので、足元のことは馬に任せておればよい。

「や、たぶんワシらが最後尾の殿軍じゃ」

「はあ？」

瞠目した。茂兵衛たちの後方には穴山衆が殿軍としてついているはずだ。

「おそらく梅雪はもうおらんよ」

平八郎は馬の歩みを止めずに、緩い坂を上りながら言った。

「え、まさか」

思わず後方を振り返って見た。暗くもあるが、確かに人の気配がない。ついて来ていると思っていた穴山衆が、もういないのかと思えば——途端に森の闇が不気味に感じられた。

「よ、よろしいのですか？」

「なに、織り込み済みよ。殿は『捨て置け』と言われた」

離脱を咎《とが》めだて、甲冑を着けていない裸武者同士、四十人と十三人で斬り合って、たとえ勝っても、多くの怪我人を抱え込むことになる。危険が予想される伊賀越えだ。消耗は避け、梅雪の逃亡を見過ごすことに決めたそうだ。

「殿は端《はな》から、梅雪を信用してはおられん」

ま、そこは茂兵衛にも分かる。

(だからこそ俺を、イザという場合の刺客に仕立てたわけだものな。今は乱世だ。四ヶ月《よつき》前まで敵側だった人間を信用する奴はいねェか)

「梅雪が殿軍を買って出たのは、我らと袂を分かつ方便だと殿は見ておられる」

殿軍は最後尾を進むから、静かに離脱し易いのだ。

(それにしても梅雪様、遂に逃げたか……ま、昼間の譬《たと》え話からすりゃ、愛想を

尽かされる前に、手前ェ《てめ》の方から逃げ出す女の心境ってとこか）

「おまんを突き返してきたろ？　あそこで我が殿は、梅雪の魂胆を見抜かれたそうじゃ。おまんみたいにデカくて狂暴なのが側におると、危ねェと警戒したんだろうさ。裏切者の用心ってやつだな」

「……………」

茂兵衛は梅雪に、必ずしも好感を抱いてはいなかった。梅雪が茂兵衛を警戒していても文句は言えない。お互い様だ。

「梅雪は、どこに行く気でしょう？」

聞き耳を立てていた大久保忠佐が、平八郎に質した。

「さあな。ワシらと別行動なら、なんでもよかったのではねェか？」

茂兵衛は、梅雪が光秀の行動に理解を示していたのを思い出した。

（梅雪様、ひょっとして明智側に寝返るつもりではねェのかなァ）

それが吉と出るのか凶と出るのか、今は誰にも分からない。

日付が六月三日に変わる頃、小高い丘を上り詰め、平八郎の殿軍隊は一息入れた。妙に風のない夜で、汗が止まらない。下帯までぐっしょりと濡れている。道は存外悪くない。堺や難波《なにわ》から御伊勢様へ向かう参詣道で、そこそこの幅があり、馬を乗り捨てねばならぬほどの岩場もなかった。

「あ、松明だ」

大久保忠隣が叫んだ。

眼下に数十もの松明が蠢《うごめ》いているのが遠望された。明らかにこちらに近づいてくる。誰の松明かは不明だが、ある意味ここは敵地——味方とは思わない方がよさそうだ。

ただ、殿軍である茂兵衛たちは急ぐわけにもいかない。急げば、護るべき家康の本隊に追いついてしまうからだ。

すぐに平八郎は、徒士《かち》を物見に出したが、戻ってきた報告は最悪だった。古びた胴丸《どうまる》の甲冑を着込んだ数名の地侍と、彼らに率いられた五十人ほどの武装農民であるそうな。

「ご、五十!?」

平八郎が低く呻いて、忌々《いまいま》しげに唾を吐いた。

錆刀や竹槍、鎌や鍬《くわ》などを手に、黙々と進んでくるという。

「鎧《よろい》武者は幾人か?」

「五人ほどか、と」

茂兵衛の問いかけに、若い徒士が自信なさげに答えた。

平八郎が率いる殿軍隊は、茂兵衛以下、五人の士分と二人の徒士から成っていた。平八郎を含めても八人。それでも、もし全員が甲冑を着け、槍を提げていれば、痩せても枯れても三河武士、たとえ百人規模の落武者狩りが相手でも、滅多なことで遅れは取らない。しかし今は、具足《ぐそく》はおろか籠手《こて》すら身に着けていないのだ。裸同然で、正々堂々と正面からやり合うのは、なんぼなんでも分が悪い。多少とも策を弄する必要がありそうだ。

「こりゃ、戦というより里の喧嘩だがね……ここは喧嘩仲間を殴り殺し、村におれんようになった茂兵衛殿に任せよう」

との、平八郎の言葉を聞いて、闇の中で顔が赤くなった。

「ご、御勘弁を……人聞きの悪い」

と、慌てて平八郎を制したのだが、周囲からは低く笑い声が上がった。

「ハハハ、立派な武勇伝ではないか。家中で知らん者はおらんわ」

と、大久保忠佐がからかった。

「で、どう戦う？」

改めて平八郎が茂兵衛に質した。

「伏兵に限りましょう。茂みの中に潜み、十分に引き付けてから松明目がけて突っ込む。頭目格の五人の地侍さえ倒せば、後は烏合《うごう》の衆《しゅう》にございまする」

「うん。その策で参るか」

「本多様、あれを」

大久保忠隣が、遥か後方を指さした。

徳川勢の後を追って、こちらへ来ていたはずの松明の群れが、急に旋回し、北方へと向かい始めたのだ。

「しめた。梅雪だら」

平八郎が、嬉しげに手をこすり合わせた。

「間違いねェわ。梅雪があそこで北に……京の方角へ逸れたのよ。百姓たちはそっちに引きずられて後を追った」

茂兵衛たちにすれば天佑神助《てんゆうしんじょ》と言えた。梅雪にその気はなくとも、結果的には囮《おとり》となって落武者狩りを引き連れ、次第に遠ざかってくれているのだから。

「今のうちだ。先を急ぐぞ」

「平八郎様」

茂兵衛が、平八郎を呼び止めた。

「それがし、梅雪の様子を見てこようと思いまする」

「たァけ。あんな裏切り大将は捨ておけ」

梅雪は、勝手に殿軍の役目を放棄し、徳川とは別行動をとった、言わば裏切者である。

「や、それがし、一応は穴山衆の寄騎にござれば『梅雪殿の行方は知らぬ』では通りません」

「通らんとは、誰にか⁉」

平八郎が苛ついて小さく吠えた。

「家康公《との》に対しても、また駿河《するが》に残る穴山衆に対してもにござる」

梅雪は出家し、形式上の家督は嫡男の勝千代《かつちよ》が継いでいる。現在、穴山勝千代は紛れもなく、家康配下の有力国衆なのだ。

「ふん。ならば行ってよし。ただし、ワシらは先を急ぐ。おまんを待つことはせん。それから、馬を置いていけ。徒士の者を乗せる」

「では、そのように」

と、一礼して馬を下り、今来た山道を引き返した。

四半里（約一キロ）先で蠢く松明の灯りは今も北方に移動している。灯りを目指して真っ直ぐ藪の中を進むことも考えたが、慣れぬ夜の山だ。足元を踏み外して沢や谷に転落するのが怖かった。冒険は自重し、少し遠回りにはなっても、山道を外れることはしなかった。

ボウボウ。

と、すぐ傍らで何者かが鳴いた。

（お、脅かすない。フクロウじゃねェか）

隊列を組んでの行軍時には気づかないものだが、一人きりで足音を忍ばせて歩いてみると、夜の森は様々な音や気配に満ちていた。梢《こずえ》でフクロウが鳴き、茂みの中を小動物が走り回る。その度に、茂兵衛は肝を潰し、気配がする方向に向き直った。

（不思議なもんだら。夜の森なんぞ、あの頼りねェ善四郎《ぜんしろう》様と二人で歩いても別に怖くは感じない。それがどうだ。一人で歩くとこうも違うものか。意外に、俺ァ臆病なんだな……ん？）

尾《つ》けられている——ような気がした。

立ち止まり振り返って見るが、なにも見えない。闇だけが広がっている。

（獣か？）

事実、生駒山中にはクマやイノシシ、ヤマイヌなどの危険な獣が生息していると聞いた。高根城《たかねじょう》周辺で山の案内人を務めた猟師の鹿丸《しかまる》は、獣道を進みながらも常に背後の気配を探っていたものだ。

「人も獣も、危険な相手は常に背後から忍び寄って参りまする」

と、鹿丸の教訓めいた言葉が頭を過《よぎ》った。

闇をにらみながら、しばらくその場でジッとしていたが、異常は感じられなかったので、ここは先を急ぐことにした。

西へ引き返す茂兵衛の右手側——北へと移動していた松明の群れが、急に動きを止めた。

耳をすませば怒号や剣戟《けんげき》の音が伝わってくる。

（穴山衆、追いつかれたか）

茂兵衛は足を速めた。

道は下っており、その間、松明は見えなくなった。坂の下で小川に突き当たった。それを渡ったところで道は分岐し、一方は北へと延びていた。

（梅雪様たちは、ここから逸れたのだろうなァ）

足元に道標《みちしるべ》らしき石柱が立っていた。暗くてとても読めないが、或いは「京へ」との文字が彫られているのかも知れない。

茂兵衛は躊躇《ちゅうちょ》なく北へ向かう道へと分け入った。

四

分岐から二町（約二百十八メートル）も進むと、またチラチラと松明が見え始めた。剣戟の音もはっきりと聞こえる。襲撃現場は近い。気ばかりが焦る。

ただ、こちらは一人だ。

落武者狩りに巻き込まれるのは御免だった。梅雪の安否だけ確認できればそれでいい。茂兵衛は、松明の遥か手前から草叢《くさむら》に入って迂回し、身を隠しながら徐々に接近した。

木々を透かして眺めれば、目を覆うばかりの凄惨な情景が松明の灯りに浮かび上がった。梅雪を含めて十三名いたはずの穴山衆は壊滅し、わずかに数名が残るのみだ。杉の大木を背にして、最後の抵抗を試みており、その周囲を竹槍の槍《やり》衾《ぶすま》が十重《とえ》二十重《はたえ》に取り囲んでいた。

（こりゃ駄目だ。俺一人が出て行って、どうこうなるものではねェわ）

茂兵衛は、身を隠したまま殺戮《さつりく》と略奪が終わるのを待つことにした。農民たちが引き上げた後、梅雪の遺体を確認し、おそらく首は持ち去られているだろうから、小袖の切れ端でも遺品として持ち帰れば、残された家族も、家臣たちも慰めを見いだせるのではあるまいか――

（や、それも無理か）

見渡せば、転がっている首無しの死体はどれも、下帯のみで赤裸に剝かれた状態である。

武士も戦場で、敵の遺体から武具や金品を奪う。別《わ》けても足軽雑兵《ぞうひょう》は、年に二貫（約二十万円）か三貫（約三十万円）の給金しかもらえないから、戦場での略奪や鹵獲《ろかく》が大きな収入源となっていた。ただ、そこには節度もあって、遺体の衣服を剝《は》ぎ取るまでは滅多にしない。明日は我が身かも知れないのだから。ところが落武者狩りの農民には、そんな節度や遠慮はないから、奪えるものはなんでも奪う。

（つまり、梅雪様の遺品を持ち帰ろうにも、首も刀も衣服も、全部持ち去られて、どれが誰の骸《むくろ》か分かりゃしねェってことだ）

茂兵衛にやれることといえば、穴山梅雪の死を、ちゃんと家康と遺族に伝えることぐらいであろう。と、一旦は戻りかけたのだが、杉の根方で必死に戦う有泉の姿が目に入った。

(だ、大学助殿か……)

とかく茂兵衛と有泉は馬が合った。三方《みかた》ヶ原《はら》や長篠など、武田対徳川の大合戦に、互いに敵側として参戦していたのだ。「あそこは、ああだった」「ここは、こうだった」と互いの陣営の内幕を語り始めると興味が尽きず、時が経つのも忘れた。さらには見性院《けんしょういん》救出、甲州征伐《こうしゅうせいばつ》と幾度か共に死線を越える中で、信頼感が醸成された。その有泉が、目の前で惨殺されようとしている。

(助けるか?)

一瞬、茂兵衛の義侠心《ぎきょうしん》が囁きかけてきたが、なにせ相手は欲と血に飢えた五十人からの武装農民である。

(俺が一人で飛び出して、どうこうできる話でもあるめェ……ま、大学助殿には勘弁してもらおう。俺も娘が生まれたばかりでよォ)

瞑目し、心中で念仏を三度唱え、踵《きびす》を返そうとして目を見開いた。

ほんの五間(約九メートル)先で菅笠《すげがさ》を被った農民が一人と、古風な兜《かぶと》に胴丸姿の地侍が一人、穴山衆の亡骸に覆いかぶさっている。地侍は首を切り落とすのに、農民は衣服を剝ぎ取るのに躍起だ。まるで、死んだウサギに齧《かじ》り付く二匹の野犬である。

（ひ、酷ェ）

ふと、生理的な嫌悪感に捉われた。戦場では見慣れた情景のはずだが、半刻（約一時間）前まで味方だった者が凌辱される現場を間近で見るのは初めてのことだ。自分も卑しい百姓の出ではあるが、それでも最低限の節度と矜持《きょうじ》をもって戦場に臨んでいるつもりだ。敵は殺すし、首を獲ったこともあるが、ここまで死者を蔑《ないがし》ろに扱ったことは一度もない。

（こいつら、畜生だ）

頭より先に体が反応していた。

茂みから飛び出すと、静かに腰の刀を抜き、二人の背後から忍び寄った。心の中で「斬るな。振り回すな。刺せ。刀と思うな。槍と同じだ。刺して捻り上げろ」と幾度か唱えた。槍と違って刀は苦手だ。下手糞が無闇に甲冑や頭骨など硬い物を斬ると刀身は簡単に曲がってしまう。少なくとも一人は、兜に胴丸を着けているのだ。安易に斬れる相手ではない。剣術に自信がないのなら、斬らずに、甲冑の隙間を狙って刺すのが心得だ。

遺体に覆いかぶさる農民の背中が迫った。菅笠《すげがさ》に野良着姿だ。これなら斬っても大丈夫だろう。

(死ねッ!)

ブン。

と、振り下ろした刀が虚《むな》しく空《くう》を切った。肩に力が入り過ぎていた上に、目測を見誤ったのだ。

(し、しまったア)

首を切り落としていた地侍が、気配に気づき顔を上げた。一瞬、目が合った。源平の時代を彷彿とさせる星兜——面頬《めんぼお》や喉垂《たれ》は着けていない。まだ若い男だ。

体勢が崩れている。とりあえず農民の背中を強く蹴った。農民は「おお」と喚いて無様に転がった。地侍が刀を抜いて立ち上がる。茂兵衛は無防備な喉を目がけて刀を横に薙《な》いだ。

ギンッ。

切っ先が星兜の巨大な吹き返し部分に当たって火花が散り、地侍はもんどりうって転がった。

（だから、刀を振り回すな！　斬るな茂兵衛！　刺せ！　突き刺せ！）

最初に蹴り倒された農民が、膝を突いて立ち上がろうとするところを足で踏みつけ、下腹部に切っ先を突き立て、捩《ね》じり上げた。

「ぐえッ」

農民の口から大量の黒い液体が噴出した。陽光の下だと真っ赤に染まっているはずだ。

間髪を容れずに地侍に飛びついた。慣れない兜や胴丸が重いのだろう、明らかに動きが鈍い。逆に茂兵衛は身軽だ。一気に組み敷き、今度こそ無防備な喉に切っ先を捩じ込んだ。

断末魔の声すらなかった。切っ先は抵抗なく深々と刺さり、首の後ろに突き抜けた。

刺された農民は下腹部を押さえ、痙攣《けいれん》を起こしている。

（もうええ……いずれ死ぬ）

二人の傍らに、切り取られた穴山衆の首がゴロンと転がっていた。

灯火に照らされた目鼻立ちを見れば、梅雪の重臣で帯金美作《おびがねみまさか》とかいう中年の太った武士である。尊大な印象であまり好きな男ではなかった。年格好が家康にも、梅雪にもよく似ている——ここで一計が浮かんだ。

茂兵衛は、血の滴《したた》る帯金の首級《しゅきゅう》の髷《まげ》を摑んでぶら提げ、スタスタと杉の大木を目指して歩いていった。

周囲は、まさに地獄絵図であった。

穴山衆の遺体には、それぞれ数名ずつの農民が群がり、金目の物を剝ぎ取っている。地面に放り出された松明の灯りが、身も凍る修羅場を闇に浮かび上がらせていた。

(奴等、略奪に必死だ。俺なんぞ気にも留めるかい。堂々としてるこった。死んだ親父もよう言うとったわ。百姓からなめられたら侍はお終《しま》いだ。思い出せ……俺ァ長篠で敵陣の中を悠々と歩いて帰ってきた男ではねェか)

数名の農民から竹槍を向けられたが、帯金の首を示して悠然と微笑《ほほえ》み、深く頷くと、なにを勘違いしたものか、彼らは道を譲った。貴族の雑用夫姿に、血刀と生首をぶら提げた大男。口元こそ微笑んでいるが、目は鍾馗《しょうき》のように吊り上がっている。誰も関わり合いにはなりたくない相手だろう。

杉の根方で睨み合う穴山衆と農民たち、その後方に茂兵衛は立ち、帯金の首を高々と掲げ、大音声《だいおんじょう》を張り上げた。

「これはまごうことなき三河守徳川家康殿の御首級《みしるし》じゃ。京の明智日向守様の下へ持参すれば、恩賞は望みのままぞ。侍になって馬に乗るか？　村の長者になって贅沢《ぜいたく》に暮らすか？　皆の衆、遅れをとるな！」

と、首を草叢の中へと大きく放り投げた。

有泉を囲んでいた農民の多くが、歓声を上げ、首を求めて草叢へと殺到した。

今だ！

茂兵衛は機敏に動き、呆然と立っている農民を袈裟斬りにした。もろに血飛沫《ちしぶき》を浴びたが、三度目の正直で今度は上手くいった。

男が持っていた古びた手槍を奪い取った——軽い。そして細い。ま、この際、贅沢は言っていられない。もうこれ以上、不得手な刀で勝負するのはまっぴら御免だった。

草叢では、茂兵衛が投げた「帯金《いえやす》の首《くび》」を巡って盛大に内輪揉めが起きている。好都合だ。

「大学助殿、さ、お手を」

気息奄々《きそくえんえん》たる有泉に手を差し伸べた。

「足をやられ申した。もう動けん。捨て置いて下され」

（そうもいかねェわ）

と、嫌がる有泉を無理やり肩に担ぎ上げ、脱兎のごとく駆け出すと、生き残った若い穴山衆が一人後に続いた。

（小川に沿って走る。分岐に来たら、左に折れて坂を駆け上る。道は一本道。迷いやしねェ。今夜のうちに平八郎様に追いつける）

後方から怒号と足音が追ってきた。駆けながら振り返って見た。松明を先頭に、十名ほどの農民が追跡してくる。

（十人か……こちらは侍が三人。いっそ、やっちまうか？）

迷ったが、結局足は止めなかった。三人といっても重傷を負った有泉は戦力にならないし、今は十人でも、後から加勢が追いついてくるやも知れない。下手をすると五十人を相手にすることになる。

（今は、只管《ひたすら》走るこった）

本来の茂兵衛は脚力自慢である。速いだけでなく、誰よりも長く走れた。ただ、小柄とはいえ男を一人担いでいる上に、今年で三十六にもなる。さすがに息が切れ、追跡者との距離は見る間に縮まった。

（これ以上は走れねェ。落武者狩り相手に斬り死にした方がまだましだわ）

「おい、戦うぞ」

と、後続の穴山衆に声をかけ、戦う肚を決めて足を止めた。

すぐに農民たちが追いつき、ぐるりと囲まれる。得物は長い竹槍が五本、後は錆刀と鋤《すき》や鍬だ。

有泉を地面に下ろし、その前に二人で並んだ。味方の得物は、刀と頼りない手槍のみである。

「怖いのは竹槍だけだ。存外穂先が鋭いぞ。油断するな」

穴山衆に囁いた。ま、武田武士だ。言わずもがなだろうが。

竹槍は、長さが二間（約三・六メートル）に近い。先端に油を塗った上で焼き固めてあるので、穂先はそこそこに鋭利である。ただ、竹をそのまま使うから、打撃力は弱く、かつ、長さがある分しなり過ぎるので動きも鈍い。丁々発止、素早い攻防戦は苦手とする。茂兵衛ならずとも、心得のある武士なら、穂先にさえ注意すればさほどに怖くない得物だ。無論、十人に息を合わせて突いて来られると、防ぎようはなくなるのだが。そこまで統制のとれた集団には見えなかった。

茂兵衛の得物——鹵獲品の手槍は、長さが一間（約一・八メートル）ほどしかない。室内用の手突槍かも知れない。本来茂兵衛が使う持槍は、全長一間半（約二・七メートル）ある。樫《かし》を柄《え》に用い、太く、重く、頑丈に造らせてある。穂先は鋭利な笹穂だ。刺し貫く以外にも、払っても、殴っても、穂先で斬りつけても高い殺傷力を発揮する。

（ああ、あの槍があったらなァ）

と、惜しんだが、ないものはない。仕方がない。

「こらーッ」

松明を掲げた農民が雄叫びを上げた。

「ほりゃ」

茂兵衛は数歩踏み出し、槍の柄で松明を叩き落とした。間髪を容れずに、相手の喉に穂先を突っ込む。

「ぐえッ」

仲間が血を噴いて仰《の》け反《ぞ》り倒れるのを見て、農民たちは怖気《おじけ》づき、数歩退いた。茂兵衛らを取り囲み、身構えるだけで、なかなか突いてこない。皆、無様な屁っぴり腰で人を刺せる体勢ではない。もしも彼らが、茂兵衛配下の足軽だったら、どやしつけているところだ。

「死ね——ッ」

と、叫び突っ込んでくる命知らずがいて、以降は乱戦となった。若い穴山衆が不覚を取ったらしく、酷い悲鳴を上げた。援護したいところだが、なにせ相手が多い。茂兵衛も対峙する敵で手が一杯だ。

「そりゃ」

正面の敵の穂先を横に払い、しなった穂先が戻ってくる前に、鼻の辺りを刺し貫いた。槍を旋回させ背後から鍬を振り上げて迫る男の足を払う。ドウと倒れた腹に穂先を捩じ込んでやった。

一瞬で二人を血祭りに上げられ、農民たちは完全に浮き足立っている。今が好機だ。

「こら、おまんら！　俺ら甲冑も着けてねェ。馬もねェ。殺して身ぐるみ剝いだところで、銭半貫(約五万円)にもならんぞ？　それをおまんら全員で分けるんだ。よう考えてみい。命を懸けるほどの稼ぎか？」

「やあッ」

農民の一人が、茂兵衛の腹を狙って突いてきた。狙いが低いのは悪くない。しかし低すぎる。上から叩いていなした上で、渾身の力を込めて殴りつけた。

グキッ。

細い手槍が茂兵衛の怪力に耐えきれなかったようだ。圧し折れてこそいないが、たぶん柄に罅《ひび》が入った。長くは使えない。槍を横に薙ぎ、咽喉《のどぼとけ》の辺りを深々と斬り裂いてやった。

「ヒューッ」

喉を深く切られた者に特有の、笛のような甲高い悲鳴を上げつつ、農民は大きく仰け反った後、膝から崩れ落ちた。

「次は誰だら⁉ 死にてェ奴は誰だ⁉ おまんか⁉ それともおまんか⁉」

ここを先途《せんど》と盛大に恫喝した。これにて勝負あり。彼らは知らないだろうが、徳川の足軽大将、植田茂兵衛が相手では勝ち目は薄い。相手が悪かったのだ。残った農民たちは、我先にと逃げ始めた。

若い穴山衆は瀕死だった。特に腹と背中の刺し傷は内臓にまで達しており、酷く出血していた。

「気を確かに。傷は浅いぞ」

言葉を掛けながら、ゆっくりと抱き起こした。

「て、敵は……逃げましたな。最後の最後で勝ち戦……気分がええですわ」

燃え残る松明の灯りで、無理に微笑むのが見えた。

「あまり喋るな。血が流れる」

「藤十郎《とうじゅうろう》！」

有泉が這い寄って、若者に声をかけた。

「御家老……それがし、武田武士として死ねて、本望……」

と、ここで息絶えた。

昼までは物見遊山を楽しんでいた梅雪以下の十三人が、半日経ったか経たないかのうちに、最後の一人にまで数を減らしてしまったのだ。戦国の世の不条理さ、厳しさが痛感された。

「さ、参ろう」

やがて茂兵衛は、再度有泉を背負い直し、鐏の入った槍を引きずり、喘ぎながら山道を走り出した。

茂兵衛も有泉も無言であった。頭の中では、様々な思いや考えが錯綜していたが、それを言葉にすることは憚《はばか》られた。大体、梅雪はなぜ——

「茂兵衛殿」

耳元で急に声がしたので、茂兵衛は動転し、地面から二寸（約六センチ）ばかり飛びあがった。

「き、急に喋るな。驚くがや」

「す、すまぬ」

有泉は恐縮したのか、黙り込んでしまった。これはこれで気詰まりなものだ。

「なんでござるか？」

と、茂兵衛の方から訊き返した。

「拙者は小男だが、それでも十四貫（約五十三キロ）はある。背負って山道を逃げ切るのはとても無理じゃ。決して恨みはせぬから、この場に捨て置いて逃げて下され」

「ご心配あるな。まず、この槍を捨てればええ」

と、どうせもう役に立たない鏄の入った手槍を、走りながら投げ捨てた。

「ほら、これで随分と楽になった、ハハハ」

背後を窺ったが、松明や人の気配が追ってくる気配はない。ホッとして駆け足をやめ、ゆっくり歩いて息を整えた。

「……すまんな」

背中の有泉がボソリと呟いた。

# 五

ちょうど夏至の頃だ。寅《とら》の下刻（午前四時頃）を回ると、早くも東の空が白々と明け始めた。坂を下りきったところで、水場を見つけた。ここで小休止をとることにした。細い流れが山道を横切っており、二人は犬のように這いつくばって喉を潤した。

「美味《うま》いな」

「ああ、美味い」

二人して、足を前に投げ出し、つかの間、星の消えた空を眺めていた。

「どれ、傷を見せてみりん」

有泉の右足の傷はかなり深かった。薄闇に透かして見れば、膝の上辺りがパックリと大きく割れており、肉の中に白く骨が見えた。太い血の管こそ破れていないようだが、血は今もダラダラと流れ続けている。歩けないのは勿論、このままでは体力が衰えるばかりだ。

「痛むか？」

「や、右足は痺れて、さほどの痛みは感じん」

「ほうか……ま、なにしろ血を止めよう」

「血を？」

有泉が目を剝いた。

「金瘡《きんそう》でもない貴公がどうやって止める？」

「大学助殿は、育ちがええから知らんだろうが、それがしァ足軽あがりだからな。足軽には銭がない。傷を負ったら手治療が基本よ。その辺の心得はある、任せておけ」

茂兵衛は、晒《さら》しを細く裂き、紐状にして有泉の右足の付け根を縛った。さらには、縛った紐に小枝を挟み、捩じって強く締め上げた。これで、じきに血は止まるだろう。次に、小沢の水で傷を幾度も洗い、自生していた蕗《ふき》の葉を少し揉んでから傷に貼りつけ、上から晒しで巻いて固定した。そして最後の仕上げに、いつも腰に下げている印籠から、熊《くま》の胆《い》を一欠片《ひとかけら》摘み出して飲ませた。

「に、苦いのう」

有泉が顔を顰《しか》めた。

「その分よう効く。万能薬じゃ」

これは高根の城番時代、道案内を頼んだ猟師の鹿丸から分けて貰った品だ。以来、風邪から腹痛、怪我、単なる疲労感の撃退に至るまで、体に不調を覚えると幅広く服用している。

「や、鮮やかな手際だ。感心した。貴公、もし武家でしくじったら、金瘡医になれば食うには困らんぞ」

「よう言われるわ。自分では分からんが、坊主か医者に向いておるらしい……どちらにしても、頭は丸めにゃならんな」

有泉は少し笑ったが、その後は塞ぎ込んだ。

「どうした？　元気を出せ」

「傷の手当をしてもらった貴公に言うべき言葉ではないが……今のうちに言っておく。拙者は腹を切る」

思わず手が止まった。

「や、藪から棒だな」

「殿を……梅雪様をお守りできなんだ。拙者一人が、おめおめ生きて帰るわけには参らん」

有泉は、呆けたようにポツリと呟き、息を深く吐いた。

「梅雪様は、確かに亡くなられたのか？」

「この目で見た。甲斐《かい》源氏の名流が……それは凄惨なお最期であった」

有泉は小さく呟き、指で目頭を拭った。

周囲は徐々に明るさを増し、気の早い小鳥たちが朝のさえずりを始めている。

(折角助かった命だ。今さら腹なんぞ切らせるかい)

と、翻意させることを心に決めた。

「大学助殿、一つ伺うが……貴公の主君は誰だ？」

「梅雪様に決まっておろう」

苛ついたように答えた。

「それは違う。現在の穴山家の御当主は勝千代君だら」

「形の上ではな」

二年前の天正八年（一五八〇）。駿河江尻城主《するがえじりじょうしゅ》穴山信君《のぶただ》は出家して梅雪と号した。同時に、当時九歳の嫡男勝千代に家督を譲っている。

「ほうだら。まだ勝千代君はお若い。だからこそ、家老であるおまんが助け、導かんでどうする。今ここで腹を切るのは、主人勝千代君に対する不忠ではねェのか」

「よ、よう分からん」

有泉は、言葉に窮して顔を背けた。しばらく黙っていたが、やがて——

「主人を死なせ、死にぞこなった卑怯者と笑われるのだけは御免じゃ」

その吐き捨てるような激しい言葉に茂兵衛は困惑した。武家奉公をして二十年近くになるが、未だにこの恥とか意地とかを、いきなり死に結び付ける武士独特の心の機制には違和感を覚えざるを得ない。農民あがりの茂兵衛には、今一つピンとこない。

「そもそも、なぜ穴山衆は道を外れた？　分岐を北へ向かったわけは？」

「……知らんわ」

よほど訊いて欲しくなかった話なのだろう。気のいい有泉が、実に不快そうな表情を見せた。

「たァけ。知らんで済むか！　ちゃんと申し開きをせい」

「………」

「大学助殿、大事なことじゃぞ」

せっつくと、嫌々ながら話し始めた。

「大殿はなにを思われたか、『これから京へ向かう』と言い出されてな。徳川殿も急に殿軍がおらんようになってはお困りになると、ワシも帯金も随分お止めしたのだが、聞き入れてはいただけな……」

「止められよ」

と、茂兵衛が声を荒らげた。急に話を遮《さえぎ》られた有泉が目を剝いた。

「なんだ⁉」

「だから、それでは駄目だがや」

有泉に顔を近づけ、目を覗き込んだ。

「だ、駄目とは？」

有泉が怪訝そうに小首を傾《かし》げた。

率直に言えば、梅雪は端から徳川の殿軍を務める気などなかったのだろう。すくなくとも家康や重臣たちはそう見ている。山越えの途中で殿軍の持ち場を捨てて北へ向かい、京で光秀に寝返るつもりだった可能性が高い。明白な裏切り行為、背信行為である。

「これから京へ向かうだと？　それをそのまま貴公が馬鹿正直に言上《ごんじょう》したら、我が殿はどう思われるか考えてもみろ。『ああ、左様か』では済まんぞ。『すわ梅雪め、京で明智に寝返る魂胆であったか』と激怒されるやも知れん。当然、駿河江尻の領地も、甲斐河内《かわうち》の所領も没収される。勝千代君と穴山衆は、路頭に迷うことになるぞ」

「た、確かに」

有泉が苦虫を嚙んだような顔をし、言葉を継いだ。

「ただ、大殿にあっては、流石《さすが》に明智側に寝返る気まではなかった……はずだとは思うが……」

「はずだと思う……だと？　それで世間が立つと思うか？」

梅雪は長年仕えた武田家を裏切った男である。生前、織田側からも武田側からも、そういう目で見られるのが辛く、茂兵衛相手に泣き言を並べていたのは彼自身ではないか。

「俺は梅雪様を信じたいが、家康公はどう思われるか……ただ一人生き残った貴公が直接申し開きをするしか、勝千代君と穴山家を救う術《すべ》はねェとおもうぞ。貴公がここで腹を切ったら、誰が梅雪様の名誉を挽回する？　や、むしろ家老が裏切りを認めて腹を切ったと受け取られかねん」

好人物の有泉を脅すのは心苦しかったが、不毛な切腹をさせないためであれば止むを得まい。それに、茂兵衛の言葉に嘘や誇張はない。生き証人の有泉が弁明すらせずに死ねば、穴山家は終わるだろう。

「ワシは……どうすればええのか?」

薄闇の中、すがるような目で茂兵衛を見た。

「大学助殿、この際じゃ。真実を申されよ」

「し、真実を……」

目が泳いでいる。頭が混乱してわけが分からなくなっているのだ。

「この場合の真実とは杓子定規《しゃくしじょうぎ》な事実ではねェぞ。穴山家と勝千代君を救うための真実じゃ。さあ、なぜ梅雪様は北への道を選ばれた?」

と、有泉の田夫《でんぷ》然とした顔を、促すように覗き込んだ。

「それは……」

「ちゃんと話してみりん」

勇気づけるように、有泉の肩に手を置いた。

「大殿は、落武者狩りの接近を察知し、家康公本隊が逃れる時を稼ごうと……」

間違っていないか、これが正しい「真実」なのか、確かめるように茂兵衛を見た。茂兵衛が頷き、有泉は言葉を続けた。

「本隊の進路とは別の、北方へ向かう道へと落武者狩りを誘ったのでござる」

「ほう、つまり、自らが囮となる策か？」

「左様左様、囮でござる！」

刹那、有泉の顔が輝いた。まさに「我が意を得たり」の心境だったのだろう。

「我が主人、穴山梅雪は確かに『自らが囮になる』と申しました」

「京に向かうなどとは？」

「申しておりません。断じて拙者は聞いておりません」

これなら大丈夫だろう。茂兵衛がニヤリと笑うと、有泉もぎこちない笑顔を寄越した。

「うん。それなら家康公も納得しよう。梅雪様と穴山衆は、家康公を救うため、犠牲となって討死された。殿軍の鑑《かがみ》ではないか。我が殿は、義と情に篤いお方ゆえ、遺児の勝千代君に悪《あ》しゅうはされますまいよ」

「ほ、本当か？　茂兵衛殿、本当に大丈夫なのか？」

「嘘は言わん」

と、独断で請け合ったのには、それなりの根拠があった。茂兵衛なりに算盤《そろばん》を弾いてみたのだ。

家康は、この先も穴山家の駿河、甲斐における名望と、信玄仕込みの戦闘力を利用しようとするはずだ。しかも当主は若干十一歳で、家康の思うがままに扱える。なにもここで、亡き父の不心得を糾弾し、穴山家を潰そうとは考えないはずだ。誰の得にもならないことだからだ。

ただ——家康という殿様は非道はしないし、恩情も示すが、その分きっちりと働かせて元を取ろうとする性癖がある。破格の五十挺《ちょう》からの鉄砲隊を預けられた茂兵衛がよい例だ。有泉と穴山衆は今後、家康により徹底的に酷使されることは間違いあるまい。茂兵衛は有泉の将来を思い暗澹《あんたん》たる思いに駆られた。

「となれば、ワシは腹など切れんなァ。家康公に申し開きをし、大殿の名誉を守るまでは……」

有泉が深く嘆息を漏らした。

「当たり前だがや。勝千代君と穴山家の命運は、貴公の振る舞い一つにかかっとるのだぞ」

「わ、分かり申した」

「うん。では、先を急ごうか」

と、茂兵衛は友に手を差し伸べた。

# 六

道は、ダラダラと上っていた。空は大分明るくなっているが、斜面は鬱蒼《うっそう》とした杉木立《すぎこだち》に覆われ、足元はまだまだ暗い。

有泉を背負った茂兵衛は、喘ぎながら坂を上った。辛いのでどうしても俯き加減になる。

(ああ、重てェ……まったくよォ。俺の人生は苦労ばかりだがや。大体、俺ァ幾人殺してきたんだら？　二百か？　三百か？　数えきれねェわ。一人でそれだけ殺せば、さすがの阿弥陀様からも見放されるんだろうなァ。死んだら俺ァ地獄往きかァ……切ねェなァ)

その刹那、傍らの藪がザワと鳴った。

「うッ」

クマか？　イノシシか？　はたまた落武者狩りか？　もう槍は捨てた。頼りは不得手な刀だけである。

顔を上げた茂兵衛は、さらに慌てた。

道を塞ぐようにして坂の上に立っていたのは、紛れもなく、この場にいるはずのない男――横山左馬之助《よこやまさまのすけ》だったのである。茂兵衛と同じ白張姿《はくちょう》は、山崎《やまざき》で別れたときのままだが、どこで手に入れたか、大層な大身槍《おおみやり》を提げている。茂兵衛を坂の上から睥睨《へいげい》し、口元には不気味な薄笑いさえ浮かべているではないか。ちなみに、大身槍とは穂先の長さが一尺（約三十センチ）を超すものを指す。突き刺すだけでなく、払って斬ることもできる強力な槍だ。

「さ、左馬之助！」

「おお横山殿、地獄に仏じゃ！」

事情を知らない有泉が、茂兵衛の背で嬉しげな声を上げた。窮地に味方が現れたのだから当然だろう。しかし、茂兵衛にとっての左馬之助は、敵か味方か分からない。茂兵衛を上役と見ているのならいいが、親の仇《かたき》と見ている可能性もなくはないのだ。

左馬之助はゆっくりと坂を下ってきて、ちょうど茂兵衛の二間（約三・六メートル）ほど手前で歩を止めた。

「お頭らしくもない。槍を捨てるとは、心得違いでございまするぞ」

「あれは鏬が入っておってな。役に立たんから捨てたわ」

油断せずに、淡々と事実を伝えた。

「なるほど」

そう応えて、左馬之助はゆっくりと槍を構えた。二間ほどの距離感が絶妙だ。大身の直槍《すぐやり》の穂先が、丁度茂兵衛の喉元を狙っている。

「貴公、気は確かか⁉」

背中で有泉が声を荒らげた。自分の上役に槍を突きつける寄騎――まさに、異常事態だ。

「大学助殿、こやつとは過去に色々とあったのだ」

「色々って？」

「お頭はな……親の仇よ」

左馬之助が唸るように言った。

「か、仇って……」

ここで有泉は押し黙った。茂兵衛と左馬之助の間に散る火花の激しさに、ようやく余人の入る隙はないと感づいたのだろう。

距離こそ二間だが、坂の上と下だ。茂兵衛には槍がないし、有泉を背負って両手が塞がっている。もし左馬之助が殺す気なら簡単だ。直槍をほんの一尺（約三十センチ）前へ突き出すだけでことは足りる。茂兵衛を倒した後に有泉を殺せば、この山中だ、誰にも露見しない。

茂兵衛は有泉を背負ったまま、左馬之助は槍を構えたまま、只管《ひたすら》睨み合い、身動き一つしなかった。

「……拙者の勝ちだ」

左馬之助は高ぶる感情を抑えるように、小声で呟いた。

「父が倒せなかった植田茂兵衛に、拙者は勝った」

「たァけ」

左馬之助の目を睨みつけ、茂兵衛が言い返した。

「全然違うわい。横山軍兵衛《ぐんべえ》様は、敵の砦に単身乗り込み、正々堂々の一騎打ちを挑まれたのだ。おまんのように、敵の隙を草叢から窺い、卑怯に勝ちを収めた者と意味が違うわ」

左馬之助の槍先が五寸（約十五センチ）ほど、茂兵衛の喉に近づいた。

「御自分が置かれた立場を、まだ分かっておられないようだ」

「分かっとるさ。たとえ刺されても、配下の寄騎に憐れみを乞おうとは思わん」

「ふん……強がりだ」

またしばらく、睨み合いが続いた。夜は明け切り、もう左馬之助の足元がはっきりと見える。明るさが増すにつれて、茂兵衛は寄騎の興奮が次第に治まっていくのを感じていた。狂気とは、夜の闇に潜む魔物なのかも知れない。

「ま、お頭は僧侶か医者に向いている……そこは拙者も同意します」

皮肉を言っているようにも聞こえるが、顔つきは真剣だ。

「聞いておったのか」

ここでようやく気づいた。左馬之助は昨夜からずっと茂兵衛を尾けていたのだ。左馬之助は茂兵衛と別れて、山崎から淀川《よどがわ》に沿って下った。途中で「この道ではない」と判断し、改めて東高野路《ひがしこうやじ》を南下したのだ。禅寺での待機が長かったので、その間に追いついたのだろう。

そういえば昨夜、松明の灯りを目指して暗い山道を歩いていた時、誰かに尾けられているような気がしたものだ。

(あれは、左馬之助の気配だったのか)

色々と得心がいった。

「父の菩提《ぼだい》を、貴方《あなた》に弔って欲しい」

ボソリと言った。

「菩提を？　出家しろという意味か？」

「そこまでは申しません。貴方は、琵琶湖畔《びわこはん》で『父の墓に参りたい』と申されたではないですか？」

そういえば、そんな逃げの手を打ってみた覚えもある。確かあの時、左馬之助は無反応だったはずだ。

「俺が拝んで軍兵衛様が喜ばれるなら、なんぼでも弔わせてもらうがや」

「本当ですか？」

「ああ」

「本気で弔っていただけますか？」

「ああ」

また、長い沈黙が流れた。

やがて左馬之助が大きなため息を漏らし、槍を収めた。

「お頭、代わりましょう。拙者が有泉様を背負います」

「ほうかい。すまねェなァ」

まるで何事もなかったかのように、茂兵衛と左馬之助は、背中の有泉を受け渡した。

背負い手を交代するとき、有泉は茂兵衛を見て泣きそうな顔をした。なにがどうなったのかまったく知らされていないのだから無理もない。しかも今後自分は、上役に槍を向けるような危ない男に背負われることになるのだ。よほど不安だったのだろう。

左馬之助の槍は茂兵衛が預かり、後方からついていった。

（たァけが、驚かせやがって。寿命が縮んだわ。俺が有泉を治療したり、切腹を思い止まらせたりするのを、野郎は藪の中に隠れて全部見てたってこったァ。や、ひょっとしたら穴山衆が落武者狩りに襲われた現場にもいたんじゃねェかァ。まったく、陰険な野郎だよ……ええ年して、嫁が来ねェわけだがや）

ただ、左馬之助は茂兵衛に、父の菩提を弔って欲しいと言った。

（あれが本心だとすりゃ、本当に怨讐《おんしゅう》は忘れてくれるのかもなァ。有難い。肩の荷が一つ下りたわ）

そんなことを考えながら、坂道をトボトボと上っていった。

# 第二章　茂兵衛伊賀越え

一

六月三日。午《うま》の下刻（正午頃）を過ぎた頃、彼方《かなた》に大河の流れが望まれ、茂兵衛は足を止めた。山城国《やましろのくに》内を北西に向かって流れ、淀川《よどがわ》へと注ぐ木津川《きづがわ》である。草内《くさじ》の渡《わた》しまではもう四半里（約一キロ）だ。

「随分と増水しとるな。渡れるのか？」

茂兵衛の背で有泉がすまなそうに零《こぼ》した。左馬之助は一刻《いっとき》（約二時間）ほど歩くと顎を出し、それ以降はまた茂兵衛が有泉を背負っている。

「すまんのう。次々に面倒ばかりが起こる」

「お主の所為《せい》ではない。季節柄しかたあんめェ」

そうは返したが、あまりに疲れており、それ以上の雑談に応じる気はしなかった。

なにせ季節は梅雨《つゆ》である。ここ草内の渡しでも、歩いての渡河《とか》は難しいだろう。川船が要る。

(ここからでは本隊の姿は見えんが、無事に渡れたのだろうか?)

「暫時《ざんじ》、休みますか?」

後方から左馬之助が声をかけてきた。

「や、後は下りだし、草内の渡しまで一気に行ってしまおう」

と、茂兵衛はまた歩き出した。

「……すまんのう」

背中の有泉が、また詫びた。

草内の渡しでは、寄騎として平八郎に付いている花井庄右衛門《はないしょうえもん》という若者が、茂兵衛を待っていた。去年元服を済ませたばかりの、まだ少年だ。

「植田様、お待ち申しておりました」

と、深々と首《こうべ》を垂れた。茂兵衛は白張《はくちょう》姿で、有泉を背負ったままである。足軽大将として、あまり威厳のある格好ではない。

「殿や平八郎様は御無事か？　もう先に行かれたのか？」

「はい、一刻（約二時間）ほど前に」

花井の家は名門で、安祥《あんじょう》以来の譜代衆だが、経験不足な上に気が利かず、あまり賢い性質《たち》ではないそうな。今まで茂兵衛自身はほとんど接点がなかったが、平八郎が零すのを聞いた覚えがある。

（平八郎様……体のいい厄介払いで、俺にガキを押し付けたな）

と、内心で少し恨んだ。

「あのォ……渡河用の川船を御用意しております」

指し示す方を見れば、葦《あし》の群生の陰に、一艘《いっそう》の川船が隠してある。

「さらには、平八郎様より大事なお役目を仰せつかりましたので、はい」

如何にも「どんな役目か、訊いて欲しい」というような顔つきだが、平八郎が花井に、大事な役目を命ずるとは思えなかった。訊くだけ時間の無駄だ。

「うん。その話は船の中でゆるりと伺おう。まずは木津川を渡ってしまいたい」

「はッ」

と、花井が硬く一礼して川船に向けて駆け出した。

やはり花井が平八郎から与えられた役目は、大したことではなかった。茂兵衛を渡し終えたら、船の底を槍の石突《いしづき》で破って浸水させ、後続の追手が使えないようにせよ——ま、それだけのことである。皆が船を下りると、花井は槍を持っていなかったから、左馬之助の直槍《すぐやり》を借りて船底に幾つか穴を開けた。

「これで、もう船は使えません。大丈夫にござろう」

と、花井が自慢げに笑った。

「確かに……や、お見事」

茂兵衛も笑顔を返した。この少年とは、しばらく道中を共にすることになる。ここは和気藹々《わきあいあい》だ。花井に悪気はないのだし、意地悪な皮肉を投げて、無垢《むく》な若者を傷つけるのは、仏の道にも人の道にも外れよう。

——などと抹香《まっこう》臭いことを考えた御利益か、嬉しい再会に恵まれた。

例の山崎《やまざき》で買った農耕馬が、東岸の河原で草を食《は》んでいたのである。小柄で風采が上がらない上に、脚が遅い。持て余した平八郎が置いていったものと思われた。その意味では、花井庄右衛門と同じ扱いである。だが、今の茂兵衛にとっては、どんな名馬より有難く、神々しく見えた。こいつがいれば、今後は有泉大学助を背負わずに済む。

「よう待っておってくれたのう」

茂兵衛が首筋を優しく撫でると、馬は少し鼻を鳴らした。如何にも「貴方様《あなた》を待っておりました」と応えているようで、捨て置かれた駄馬に愛おしさが募った。

草内の渡しからは、しばらく田園の中を歩いた。

花井によれば、次の目標は山城国宇治田原郷之口《うじたわらごうのくち》に立つ山口城《やまぐちじょう》であるそうな。一里半（約六キロ）東にある山口藤右衛門《とうえもん》の居城だ。山口氏は長谷川秀一からの救援要請を快諾し、二百人からの護衛を草内の渡しに差し向けていてくれたそうな。

「では、殿には現在、二百数十名の護衛が付いているということか？」

「左様にございます」

花井が嬉しそうに答えた。

これから通る甲賀《こうか》や伊賀《いが》は、山勝ちの草深い土地で平地が少なく、沢筋、盆地ごとに小領主が林立し、独立独歩の気風が涵養《かんよう》された。京《きょう》や鎌倉《かまくら》から国守《こくしゅ》や地頭《じとう》が赴任しても、誰も従わず――地侍たちによる自治のようなものが確立している。

棟梁がいないわけだから、政治的な意見もまちまちで、誰が敵で誰が味方なのか判断し辛い。そこを通る家康一行にとっては極めて危険な土地なのだ。

しかし、見方を変えれば、米が穫れずに貧しく、数ヶ村を束ねるほどの大勢力が育ち得なかったということでもあろう。

「相手が小者揃いとなれば、二百を超す兵に守られた三河守《みかわのかみ》様の身は、当面は安泰ということにならんか？」

鞍《くら》も鐙《あぶみ》もない裸馬の扱いに難渋しながら、有泉が茂兵衛に質《ただ》した。

「ただ、知っての通り、去年（天正九年）織田勢は、五万の大軍で攻めてようやく伊賀一国を屈服させたのだ。その二年前には、一万で攻めて追い返されとる。結束するときは結束する……それが伊賀や甲賀の怖さなのではねェかな」

茂兵衛は楽観を戒《いまし》めた上で、言葉を続けた。

「その山口藤右衛門という御仁だが、すぐに二百人からの兵を集められるとは、大したものだな」

「二百人は、山口城の他に、甲賀の小川城《おがわじょう》からの応援も合わせた人数だと、平八郎様が話しておられました」

先頭を歩く花井が振り返り、解説してくれた。

山口藤右衛門は、山口家に入った養子である。実父は、甲賀小川城主、多羅尾光俊《みつとし》だ。長谷川秀一との縁故から「家を挙げて徳川を援ける」と決意した藤右衛門は、小川城の父を説得し、甲賀からも援軍を出させることに成功した——そんなところであろう。

「な、花井殿」

「はい」

花井が歩きながら振り返った。

「その山口藤右衛門殿が遣わした護衛の兵だが、甲冑《かっちゅう》を着けていたのか？」

「簡素な品ではございましたが、一応は具足《ぐそく》に兜《かぶと》を着け、槍か弓で武装し、特に甲賀衆は鉄砲を持ってきておりました」

「鉄砲の数は、如何ほどか？」

「ざっと十挺《ちょう》」

花井が少し考えてから答えた。

（ほう。なかなか充実しとるなァ）

やはり飛道具と甲冑の有無に、その戦闘力は左右される。甲冑なしの裸武者が、当世《とうせい》具足と小具足で身を固めた鎧《よろい》武者と互角に戦うなら、せめて三倍の人数が欲しいところだ。現に、右膝の上をやられて歩けない有泉大学助も、もし小具足を身に着けていれば、負傷した箇所は佩盾《はいだて》という足鎧《あしよろい》で守られているから、おそらく痣《あざ》が残る程度で済んだだろう。今もピンピンして、駄馬などに手を焼かず、元気に山道を闊歩《かっぽ》していたに相違ない。甲冑を着て、弓鉄砲を備えた二百人からの護衛——これは相当な戦力であることは間違いない。

かなり急いだので、半刻（約一時間）ほどで山口城が見えてきた。

周囲を里山と田圃《たんぼ》に囲まれた長閑《のどか》な平城だ。天守などは設《しつら》えていないが、簡単な水濠《みずぼり》と石垣、矢倉などで防御されている。別名を宇治田原城とも呼ばれ、周辺は鎌倉の頃より宇治茶の産地だ。南斜面には茶畑が広がっていた。

大手門は固く閉じられ、矢倉には甲冑を着た城兵が詰めていた。京で異変があったからには、なにが起こっても不思議はない。時節は有事なのである。

「頼もう」

と、門前に立ち、訪《おとな》いを入れた。

「誰だ!?　何者か!?」

矢倉から顔を覗かせた男は、明らかに茂兵衛一行を訝《いぶか》しんでいた。

ま、この風体を見れば警戒するのは無理もない。まず白張に小袴、脛を剝《む》き出しにした男が二人、羽織に野袴姿の武士の一人は、筵《むしろ》を敷いただけの見すぼらしい駄馬に跨っている。

「我ら、徳川三河守の家臣にござる」

「嘘つけ！」

おいおいおい——いきなり拒絶された。

「嘘なものか！　確かに、奇妙な形《なり》をしてはおるが……これは、敵の目を欺《あざむ》くための変装じゃ。陽動じゃ」

かえって敵の目を引き付け、警戒されそうな姿でもあろうが——

「考えてもみろ。もし、ワシらが貴公らを騙すつもりなら、わざわざこんな酔狂な目立つ格好をすると思うか？」

しばらく返事はなかったが、やがて同じ男が顔を出した。

「では伺おう。徳川家の筆頭家老の名は？」

深い里の武士が、遠国《おんごく》の家老の名を知っているはずもない。きっと家康一行がこの城を訪れた際、酒井が交渉を担当し、それで知っているのだろう。

「酒井左衛門尉《さえもんのじょう》忠次……年は五十半ば、色白で秀麗なお顔の御仁じゃ」

またしばらく返事はなかったが、やがて「お入りなされ」と声がして城門がゆっくりと開いた。

留守を守る城兵によれば、家康一行は巳《み》の下刻（午前十時頃）に到着し、一刻（約二時間）ほど休んでから、慌ただしく発《た》って行ったそうな。今は未《ひつじ》の下刻（午後二時頃）だから、やはり一刻ほどの遅れである。草内の渡しまで、有泉を背負って生駒《いこま》山地の北部を越えた。この程度の遅れは仕方がない。ま、ここから急げば、陽のあるうちに――それが無理でも、せめて夜のうちには家康の本隊に追いつけるだろう。

目途が立ったので、休憩することなく山口城を発つことにした。

出発にあたって槍を無心したのだが、急に五十人からの兵が出陣したため、雑《ぞう》兵《ひょう》に貸し与える数槍《かずやり》が底をついており、これは断られた。その代わりに、籠手《こて》を融通して貰った。左右一対の諸籠手《もろごて》を二揃え。これは有難かった。筒状の分厚い布地を、鉄製の座盤《ざばん》と格子鎖《こうしくさり》で補強してある。なかなか堅牢そうだ。

敵に襲われた場合、戦力になるのは茂兵衛と左馬之助のみだ。怪我人と若い花井には期待できない。ここは強権を発動し、自分と左馬之助が優先的に籠手を着けることにした。花井は不満そうだったが、今は非常時である。気を遣ってばかりはいられない。

もう一つ、いいことがあった。地図を貰ったのである。

宇治田原から甲賀、伊賀を抜け、伊勢《いせ》へと至る簡単な絵地図だ。それでも国境《くにざかい》の峠名や、宿場《しゆくば》間の距離などが書き入れてあり、これは役に立ちそうだ。

沸かしてもらった湯を一杯飲み干すと、不思議に元気が出た。有泉たちを促して城門に向かった。

見送りに出てきた城兵が、家康一行が次の目標に定めて発った裏白峠《うらじろとうげ》の方向を指し示した。ここからの約二里半（約十キロ）、森の中の坂道が、峠までダラダラ続くという。

「坂が二里半も続きますのか？」

「左様にござる。ただ、勾配に気づかぬほどの緩い坂ですよってに、そう辛くはございません」

「なるほど」

「ま、裏白峠の直前、四半里（約一キロ）ぐらいは急勾配で、そりゃ、大汗をかかせられまするが……」

「な、なるほど」

丁寧に礼を言ってから、東へと向けて歩き始めた。

白湯《さゆ》の効果もここまでで、やはり体が岩のように重く感じる。昨夜、飯盛山麓《いいもりさんろく》の禅寺を出たのが亥《い》の上刻（午後九時頃）だ。途中二度ほど有泉の傷の手当をしたが、それ以外は八刻《やつどき》（約十六時間）以上も歩き詰めである。その内の五刻《いつつとき》（約十時間）は、有泉を背負って山道を歩いている。もう足腰は限界だったが、とりあえず、本隊に早く追いつきたい一心で頑張った。主人の護衛という本来の役目を果たしたい気持ちも当然あったが、それ以上に茂兵衛は、この怪我人と、阿呆な少年と、信用の置けない配下を連れて、危険な土地を往くのが、心底から不安だったのである。

「おまんら、すまんが前を歩いてくれんか。俺ァ後ろから行くわ」

「はッ」

花井と左馬之助、有泉を乗せた駄馬が追い抜いていき、茂兵衛は最後尾からついていった。さしたる理由があるわけではなかった。後ろから刺される心配をしたわけでもない。只々《ただただ》疲労困憊《ひろうこんぱい》してフラフラと歩く姿を、有泉や左馬之助に見られたくなかっただけだ。足軽大将の威厳として疲れた姿を見せるのは如何なものか、と感じた――それだけだ。

前を行く三人と一頭の尻の動きを、ぼんやりと眺めながら、考えた。

(花井は賢い性質《たち》ではねェが、丑松はそれに輪をかけた阿呆だ。でも、夜目遠目が利くというたった一つの特技のお陰で、人がましい人生を送れとる)

実弟の丑松は、目の良さを買われて本多平八郎の家臣となった。三方《みかた》ヶ原《はら》で討死した足軽の後家を嫁に貰い、子宝に恵まれ、夫婦仲も円満だ。

(この駄馬は役に立たず、平八郎様に見捨てられたが、今は有泉を乗せて大層人の役に立っとる……適材適所、ここで駄目でも他で役立つやも知れねェ。かく言う俺だって同じだァ。あのまま植田村で百姓を続けていたら、「嫌われ者の茂兵衛」として生涯を孤独に過ごすところだった。阿呆の花井も、どこでどう大化けするやら分からんからなァ)

「は？」

と、花井が茂兵衛に振り返った。

「植田様、なんぞ申されましたか？」

「うんにゃ。なんも言うとらん」

花井の直感の鋭さに驚きながらも、知らぬ振りを決め込んだ。

茶畑が終わる頃から、道は暗い森へと入っていった。日差しが遮られた分、湿度が上昇し、人と馬は大汗をかきながら坂道を上った。

二

裏白峠は山城と近江《おうみ》の国境だ。峠を越えれば、近江国の南端で、甲賀と呼ばれる東西に細長い土地に入る。

山口城では、裏白峠の手前は道が急勾配で「少々辛い」と教えられたが、それどころではなくなった。峠の半里（約二キロ）ほど手前から、銃声が聞こえ始めたのだ。

（音が軽いわ……あれは、小筒《こづつ》の音だら）

小筒とは、最近普及してきた小口径の火縄銃だ。二匁《もんめ》半（約九グラム）の鉛弾を最大で四町（約四百三十六メートル）先まで飛ばす。小口径なので銃が暴れず、初心者でも扱い易い。ちなみに、茂兵衛の鉄砲隊は、全員が中筒《なかづつ》と呼ばれる六匁（約二十三グラム）筒を装備している。小筒に比べて圧倒的な威力を誇るが、その分、発砲時に銃が暴れて扱いが難しい。専門の鉄砲足軽が使う必殺の武器だ。

（少なくとも四、五挺で撃っとる）

茂兵衛は鉄砲大将としての、また高根城《たかねじょう》で培《つちか》った狩猟の知識を総動員して、銃声に耳を傾けた。

（散発的に撃っとる……あれでは獣は逃げちまう。ま、猟師の撃ち方とは思えねェ。つまりは、戦《いくさ》をやっとるってこったァ）

普通に考えれば、家康一行に対する攻撃があったということだろう。攻撃側の銃声なのか、援護に駆けつけた甲賀衆が、敵を追い払おうとして撃っているのかまでは分からない。

「大学助殿」

「おう」

前を行く有泉が馬上で振り返った。

「貴公と花井殿は、このままゆるゆると進んでおって下され。それがし、横山を連れ、先行して物見致す」

「承知」

有泉と花井にも銃声は聞こえていたはずで、状況は分かっているのだろう。

「左馬之助、参るぞ」

と、配下を促し、徐々に勾配を増す坂を駆け上り始めた。

見上げる裏白峠は鬱蒼《うつそう》とした緑に覆われていた。銃声は峠を越したすぐ向こう側の近江国甲賀郷から聞こえてくる。

「左馬之助、おまんは左へ大きく巻いて近づけ。俺ァ右へ巻く。目的は、あくまでも物見である。槍は不要だ。この場に置いていけ。音を立てるな。姿を見られるな。半刻（約一時間）のうちにここへ戻れ」

槍をこの場に置いていけ――の件《くだり》で少し顔を顰《しか》めたが、それでも左馬之助は黙って「委細承知」と応じてくれた。

左馬之助と頷き合い、街道上で左右に別れた。森の中へと大胆に踏み込む。季節柄、林床は藪に覆われており、歩き難い上に、一歩進むごとにザワザワと草が鳴った。蚊《か》や蚋《ぶよ》の攻撃にも晒された。悪戦苦闘の末、大きく迂回して峠の向こう側――甲賀側へ回り込んだ。広く下り斜面を見渡せる場所を見つけ、椚《くぬぎ》の古木の根方に陣取った。

木々の間に裏白峠からの街道が黒く見える。当然、甲賀側は下り坂になっている。一町（約百九メートル）先の茂みで人影が動いた。印象としては十名程か。

数本が集まった樫《かし》の幹を盾にして身を潜めている。街道上には二名の亡骸《なきがら》が横たわっていた。二名とも甲冑姿で、徳川衆ではなさそうだ。ただ、襲撃側か、護衛の甲賀衆の亡骸かは分からない。で、その茂みを取り囲むようにして五、六挺の鉄砲が狙っている印象だ。

茂兵衛の下方、二十間（約三十六メートル）にも、鉄砲を抱えた鎧武者が一人、樫の大木の根元に蹲《うずくま》っていた。着用している鎧は、当世具足ではない。もっと古い型の——さすがに大鎧でこそないが——どうも本小札《ほんこざね》を一枚ずつ縅《おど》した胴を背中で引き合わせているように見える。背板はなく、草摺《くさずり》は五間と少ない。軽武装の腹巻と見た。そこに大層な大袖を着けているから、どうも違和感が拭えない。

（大方、物置の奥で眠っとった五十年前の腹巻を引っ張り出して着てみたんだろうさ）

やおら、その武者が鉄砲を構えた。的である茂みまで、四十間（約七十二メートル）はある。相当な長距離射撃だ。

（ほう、あの間合いで撃つ気かい。そこそこのところに弾ァ入れたら、嘗《な》めたもんじゃねェな。相当な腕だがや）

ドカン。

と、撃った。小口径の小筒の銃声とも思えない、まるで大筒の発射音だ。反動で銃口が空を向き、鎧武者は尻もちをついた。中筒以上なら兎も角、小筒を撃ってひっくり返るのは珍しい。

(火薬の量を間違えたな。多過ぎたんだら)

それにしては狙ったときの仰角《ぎようかく》が高過ぎる気もした。長距離射撃だからといって、火薬量を増やした上に、上方を狙って撃てば、当然、弾は的を飛び越えるだろう。

(ふん。目途がなってねェ。素人だら。野郎が俺の配下の足軽なら、どやしつけてるところだわ)

少し気が抜けた。

(この界隈《かいわい》の地侍だろう。人を撃ったこともねェんだ。的に近寄るのが怖くて、間合い四十間で撃った……ま、当たらねェわな)

状況を素直に読めば、茂みに隠れているのが徳川方だろう。街道で待ち伏せを食い、二名を倒したか、あるいは二名が狙撃の餌食《えじき》になったのだ。

そのまま鉄砲に狙われ、現在、徳川方は身動きがとれなくなっている——そんなところではあるまいか。

(殿様の護衛は二百以上もおる。とても手が出せねェんで、本隊は見過ごし、刀や懐の路銀目当てに最後尾に嚙《か》みついた……つうことは、茂みに隠れているのは平八郎様たちってことになるな。こりゃ、なんとしても助けなきゃ)

戦場《いくさば》の概況を頭に叩き込み、元来た道——藪を逆に辿り、左馬之助と別れた場所まで戻った。左馬之助は先着していた。

「樫の木を盾に隠れているのは、本多様の隊です。馬三頭を藪の中に寝かせておりますが、うち一頭の青毛馬《くろうま》に見覚えがございました」

藪の中に寝かせる——弾が当たり難いよう、横たえているのだろう。馬は、自然には寝てくれない。矢弾や鬨《とき》の声に狼狽しないこと、主人が呼べば来ること、強《し》いれば横たわることなどは、軍馬たるものの心得——軍馬を飼うものの心得である。

左馬之助を連れ、有泉と花井に合流した。

茂兵衛は小枝を筆代わりにして、地面に簡単な図を描き、左馬之助の記憶と照らし合わせた。

「平八郎様の陣地はここ。敵の鉄砲は五、六挺だ。場所はことこことと……」

二人の記憶は、概ね一致した。

「で、どう叩く？」

有泉が訊いた。

「うん、俺と横山でな……」

茂兵衛と左馬之助で、草に隠れて背後から忍び寄り、まず峠に近い方の二人を倒す。奪った鉄砲を撃ちかけ、鬨《とき》の声を上げ、罵声を浴びせかけ、地侍どもを追い散らす。

「本当に逃げるのか？　抵抗してきたら分が悪くはないか？」

有泉が不安げな表情を見せた。

「距離四十間（約七十二メートル）から発砲するのを見たが、鉄砲に関しては素人だ。近くに数発撃ち込んでやれば、必ず逃げる」

実は、確信までは持っていなかった。しかし、戦の前に弱気の虫は禁物だ。自信ありげに断言した。

（それに、藪の中に身を隠しとるのは平八郎様以下、誰も彼も戦上手ばかり。俺らが攻勢に出れば、黙って見ていることはねェ。坂の上と下で呼応して突っかければ、地侍ごとき必ず蹴散らしてみせるわ）

いずれにせよ、茂兵衛は戦果をある程度楽観視していた。逆に、山城国を出たばかりの場所で地侍相手に苦戦するようなら、この先、難国とされる甲賀と伊賀の最深部の通過は思いやられよう。

「ワシらが発砲し、鬨を作って突っ込んだら、大学助殿と花井殿も大声を上げつつ峠を駆け下って下され。戦は勢いにござれば」

「確《しか》と、心得た」

駄馬に跨った有泉が笑顔で頷いた。有泉は智将でも猛将でもないが、戦場での経験が豊富だ。古《いにしえ》より「勇将の下に弱卒なし」と言われる。その伝でいけば、武田信玄麾下《きか》で長く戦った有泉が弱卒なわけがない。怪我はしていても、戦場での古強者《ふるつわもの》は頼りになる。

左馬之助が花井に槍を渡している。夏草が生い茂る林床を、槍を提げて進むのは無理と改めて理解したのだろう。それでいい。

「花井殿」

「はッ」

槍を受け取る若者の表情が如何にも硬い。不安になり、声をかけた。

「戦場に出たことは？」

「武田征討が初陣《ういじん》でしたが、残念なことに敵と相まみえることはございませんでした」

「ならば、それがしの言葉をよく聞かれよ。必ず生きて戻れるから」

「はい」

――正直で宜しい。

花井が、直立不動の姿勢を取った。微かに頬が紅潮している。卑賤な足軽から足軽大将にまで成り上がった出頭人《しゅっとうにん》植田茂兵衛を、蔑む者もいれば、賛美する者もいる。花井が後者であることは明白だった。

「木立の中で敵と相対するおりには、槍を長く持ってはならん。短く中程を持たれよ。さらに、槍は突くより叩くのが要諦。上から幾度も振り下ろす。兜の上からでも十分に効く。五回も叩けば、相手は動けんようになるから、その上で必ず胴より下を狙って突け。どこかに刺さる。それだけを愚直に守れば、貴公は必ず勝てる。宜しいな？」

「き、肝に銘じますッ」

花井が笑顔で頷いた。少しだけ緊張が解《ほぐ》れたようだ。

「それから、刻限としては夜になるやも知れん。闇の中の戦いとなった場合、合印として、なんでもええから白布を右肩に付ける。符丁《あいことば》は『馬と問うて、鹿と答える』ええな?」

三人が頷いた。

格闘中に緩みが出ぬよう、籠手の懸緒《かけお》の結び目を確認しながら、茂兵衛は小さく声をかけた。

「では、参ろう」

「茂兵衛殿も御武運を」

茂兵衛の一連の指揮を、黙って聞いていた有泉が力強く返した。

三

日の長い時節とはいえ、さすがに森の中は薄暗くなってきている。

ただ草叢には、ほんの半刻(約一時間)前に茂兵衛自身がつけた踏み跡が残っており、比較的歩き易かった。

尻もちをついた小筒の鎧武者は、まだ同じところにいた。樫の木に抱きつくような格好で中腰となり、古風な星兜をかぶった首を亀のように伸ばし、平八郎たちが潜んでいるであろう茂みの様子を窺っている。見れば鉄砲を樫の幹に立て掛けているではないか。

（たァけが……心得がなっておらん）

火縄銃の機関部は繊細なカラクリとなっており、倒れれば壊れる。銃架や置台がない場合、せめて地面に寝かせて置くのが心得だ。勿論、土が入らぬよう、手拭を銃口に被せ、火蓋《ひぶた》をきちんと閉じておくことも忘れてはならない。

（一事が万事よ……戦場では、心得のない者から先に死んでいくんだわ）

と、心中で呟きながら、さらににじり寄った。気配を消し、蝸牛《かたつむり》の速さで歩《ほ》を進める。距離は——あと五間（約九メートル）ほどか。今のうちにと思い、腰の刀を、音が立たぬようジワリと抜いた。

甲冑を着けていない分、草摺や当世袖が擦れて音を立てる心配はないが、草や枯れ枝を踏む音だけは如何ともし難い。

パキッ。

（く、糞がッ）

鎧武者が弾かれたように振り向いた。茂兵衛と目が合う。

面頬《めんぼお》を着けておらず、顔がよく見えた。猿に似た貧相な中年男が両眼を見開き、恐怖に表情を引き攣《つ》らせている。

(ええい、儘《まま》よ)

刀を右手に持ち、無言で突っ込んだ。

(忘れちゃならねェ。俺ァ剣術は苦手なんだ。特に間合いのとり方がなってねェ。昨夜《ゆうべ》だか今朝《けさ》だか、落武者狩り相手に刀を振り回し、空振りしたばかりじゃねェか……あの時のことを肝に銘じるんだ)

相手がいることだから、空振りして体勢を崩すと、いきなり窮地に陥ることになりかねない。

(だから、今回ばかりは振り回さねェ。刺すのはええ。突くのもええだろう。ただ、刀を振り回すのだけは駄目だ。斬るのは金輪際《こんりんざい》御法度だァ)

と、自らに厳命しながら一気に間合いを詰め、満身の力を込め、鎧の隙間を狙って突きを入れた。

ガツン。

切っ先は胴に阻まれ、背板の上を滑った。

(し、しまったァ!)

盛大によろけ、たたらを踏む。

「うわァ」

鎧武者が悲鳴を上げた。草叢から妙な装束の大男が湧き、突っ込んできたのだから無理もない。鎧武者は鉄砲に手を伸ばしたが掴み損ね、火縄銃は倒れた。

一方の茂兵衛は、左足一本で踏ん張り、かろうじて体勢を立て直す。

（さあ、これからだァ）

と、刀を斜《はす》に構えた。甲冑を着けているときの習い性だ。確かに、当世袖や兜の錣《しころ》に引っかからぬよう、刀は斜に構えるのが鎧武者の心得だ。しかし今の茂兵衛は裸武者――そんな配慮は不要である。むしろ敵と自分との間に刀がないのが不用心に思え、正眼に構え直した。

敵も鉄砲を諦めて抜刀し、双方が刀を構えて睨み合った。

「お〜い敵だァ。後ろに回り込んでおるぞ」

鎧武者が叫んだが、仲間からの返事はなかった。

「お主、徳川に一体どんな恨みがある？」

間合いを測りながら、やんわりと穏かな口調で言葉をかけた。無論、頭の中では相手を倒すことだけを考えている。徳川への恨みなど、あろうがなかろうがどうでもいい。

（地侍とはいえ一応は武士だ。子供の頃から木剣ぐらいは振って育ったろうさ。その点ガキの頃の俺ァ、鋤鍬《すきくわ》しか振ってねェ……こりゃ、不利だがね）

しかも、こちらは甲冑を着けていない。

（型通りに立ち合えば、分の悪い勝負になる。そういう場合は……型を崩すのが心得だがや）

幸い、山口城で貰った籠手は、鉄製の座盤と格子鎖で補強されており堅牢そうだ。相手が斬りかかってきたら、左籠手の座盤で刀身を受け、右手に持った刀で顔か喉を刺す。

（よしッ。その手でいこう）

そう決心し、両手で正眼に構えていた刀を右手一本に持ち替えた。

「う、恨みなどはないわい。銭やがな。褒賞に与《あずか》りたいだけやがな」

しばらく考えていた猿顔の鎧武者が震える声で答えた。茂兵衛に向けた錆刀の切っ先までが震えている。

（この相手なら、剣術での尋常な勝負でも勝てそうだな）

むしろ、殺すのが哀れになってきた。

「止めとけ。命をかけるほどのものか？」

「里の仲間がやるというんじゃ、ワシだけ抜けられんわい」

振り絞るような声だ。本音《ほんね》はこの辺らしい。

「おい三郎太《さぶろうた》、来てくれ！　助太刀を頼む！」

と、仲間の存在を思い出したようで、必死に叫んだが返事はない。そこに茂兵衛が付け込んだ。

「おッ……ほら見てみりん」

と、茂兵衛は鎧武者の肩越しに、彼の背後に顎を杓《しゃく》った。

「その三郎太たちが逃げていくぞ。もうおまん一人だがね」

「ハハハ、嘘をつけ。騙されんわい」

恐怖に引き攣った顔のまま無理に笑うので、泣いているように見える。否、心の中では確かに泣いているのかも知れない。

「そんな子供騙しの陽動で、ワシが後ろを振り向くと思うか？」

「……疑《うたぐ》り深い奴だな」

茂兵衛は刀を左手に持ち替えた上で、万歳のように両手を高く上げた。

「ワシも武士だ。誓って手は出さぬゆえ、お主自身の目で確認してみよ。皆逃げていく。ほれ、本当じゃ」

と、また顎を杓った。

「……」

猿顔の鎧武者が、チラと背後を窺った刹那、茂兵衛は間合いを詰め彼の股間《こかん》を強《した》たかに蹴り上げた。

「ぐえッ」

股座《またぐら》を押さえてうずくまった鎧武者が、怨嗟の目を茂兵衛に向けた。

「う、嘘つきめ！　手は出さぬと誓うたくせに」

「だから、手は出してねェわ。足で蹴ったのよォ」

そう言って相手の襟を鷲摑みにし、刀の切っ先を喉元に突き付けた。息がかかるほどに顔を寄せ、凄みを十分に利かせる。

「こら野伏《のぶせり》、おまん名はなんという？」

「言わん。落武者狩りで名乗る阿呆がおるかい！」

一応、筋は通っている。

「……では訊かん。代わりに、おまんらの大将の名を教えろ」

「た、大将だと？」

「親方がおるだろうよ。旗振り役がよォ。そいつの名を教えろや」

と、刀に力を込めた。切っ先がわずかに首の皮膚を破り、血が流れた。

「三郎太か？」

「違う。三郎太はワシの朋輩《ツレ》や」

「じゃ、大将は誰よ？」

さらに、刀に力を込めた。半分刺さりかかっている。

「ま、松浦《まつうら》……熊五郎《くまごろう》」

「嘘つけェ」

刀を握った拳でゴンと鼻を殴ると、鼻血がタラリと流れ落ちた。

「どこの世に、熊五郎なんぞと……」

「ほ、ほんまや。ほんまに松浦熊五郎といいうんや。信じてくれ」

必死の形相だ。顔つきだけ見れば本当のようだ。

「もし嘘だったら、この耳を削《そ》ぐぞ？」

「だ、大丈夫。だって本当だから」

——草叢を踏む気配が斜面を上ってきている。助太刀の三郎太かも知れない。

ふと横倒しになった鉄砲が目に入った。火鋏《ひばさみ》に付けられた火縄の先端が赤く燃えている。ひょっとして、すでに弾が込められているのかも知れない。

「ほうかい。最後にもう一つ……おまんら松浦党は甲賀衆か？」

「そうや」

人の気配がさらに近づく。

「分かった。では……おまんは寝とれ」

ゴン。

今度は顎を水平に殴りつけ、完全に失神させると同時に、鉄砲を摑んだ。

ザワワ。

刀を振りかぶった大柄な鎧武者が、草叢から飛び出し、茂兵衛に覆い被さってきた。装塡済みかどうか確信はなかったが、銃口を敵の腹に押し付けるようにして引鉄《ひきがね》を引いた。

ド――ン。

幸いにして弾は出た。

小口径の小筒でも、近距離で弾を受けると鎧などは役に立たない。貫通し、弾の射出口には大穴が開く。大柄な鎧武者は――おそらくは三郎太――即死であったろう。

猿顔の鎧武者に止めを刺すことも考えたが、目を剝いて伸びているから、しばらくは覚醒すまい。意識のない者を殺すのは忍びないので、命だけは助けてやることにした。その代わり鉄砲は、火薬や弾丸、火縄を含めて全て頂く。

この鉄砲は一度倒れている。手早く点検し、異状のないことを確かめると、火薬と弾丸を銃口から挿入し、槊杖《さくじょう》で突き固めた。初めて鉄砲隊を率いたのは天正《てんしょう》三年（一五七五）の十二月だ。鉄砲大将の役目は、決して鉄砲を撃つことではない。鉄砲隊を指揮するのが役目だ。ただ、六年半も務めると、門前の小僧ではないが、やはり鉄砲や射撃に相当習熟する。

ここは東斜面である。夏至の頃とはいえ日が暮れるのは早い。ましてや鬱蒼とした木立の中だ。辺りは大分暗くなってきた。もうすぐ手元が見えなくなるだろう。闇の中での装弾は、熟練者でも難しい。

（陽が落ちて暗くなった場合、俺らと落武者狩り、どちらに有利だろうか？）

まず、地の利は落武者狩りにある。地元の民だから当然だ。一方、敵は鉄砲の火力頼りだ。暗くなれば鉄砲は弾の装塡も照準も難しくなる。白兵戦となれば平八郎や大久保忠佐、茂兵衛もいる徳川方に有利だろう。

「おい左馬之助、首尾はどうだら？」

と、姿の見えない配下に向かって声をかけた。

「いつでも撃てまする」

答えが戻ってきた。左馬之助、仕事が早い。それに、声が落ち着いている。冷静でいる証だ。

（左馬之助の野郎、案外使えるんじゃねェか？　彦左もそろそろ物頭《ものがしら》に出世させにゃあなるめェよ……彦左の後釜として、左馬之助をうちの筆頭寄騎に据える手はどうだら？　ま、性格的にちと暗いけどな）

——なぞと人事を考えている場合ではない。

「お〜い、平八郎様……茂兵衛にございまする」

と、一町（約百九メートル）下方に向けて声を張った。

「こらァ茂兵衛、おまん、遅いがや！」

間髪を容れずに、平八郎の怒声が戻ってきた。

「まったく……助ける気も失せるがね」

ブツブツと小声で独言しながら、鉄砲の火皿に口薬《くちぐすり》を盛り、火蓋を閉じ、火縄に息を吹きかけた。これでいつでも撃てる。

「峠の山城側に、山口城からの援軍五十騎が待機しております」

無論、援軍の五十騎は、茂みの中で聞き耳を立てているであろう松浦党の地侍たちに対するハッタリだ。

「でかした茂兵衛！　その五十騎で突っかけよ。ワシらも呼応して打って出る。野伏ども皆殺しじゃ、ガハハハ」

豪快な笑い声——森に潜む地侍たちの心胆を寒からしめたのは間違いない。

ただ、山城側に待機しているのは、五十騎はおろか、怪我人と子供と駄馬だけである。仮に突っ込むにしても、多少は工夫が必要だろう。

「おーい、松浦熊五郎はおるか？」

森は静まっている。返事はない。

（だんまりかい。ならば……）

ダ——ン。

落武者狩りが潜んでいそうな辺りに、一発撃ち込んでやった。

「こら、熊五郎……返事をせんか！」

しばらくして「なんだ？」と返事があった。

（おお、本当に熊五郎がおるのかい……意外に正直な野郎だったんだな）

足元で、目を剝いて気絶している猿顔の鎧武者をチラと見た。

（猿と熊か……どんな山奥だら）

「甲賀の里の松浦熊五郎……すでにおまんの身元は露見した。織田と徳川を敵に回す気か? 我らを皆殺しにでもしない限り、おまんの一族郎党、すべて根絶やしにされるぞ?」

伊賀と違い、甲賀と徳川は——或いは、甲賀と織田は——今まで上手く付き合ってきたのだ。現に、家康に肩入れしている多羅尾党は、甲賀の有力国衆《くにしゅう》である。松浦熊五郎が如何ほどの者か知らないが、その名を知られた以上、あえて徳川の敵側に回るとは思えなかった。

「それに、我らには甲賀の多羅尾党が加勢してくれておるのだぞ?」

甲賀内部の政治的繫がりなどは知らないが、後々甲賀同士で揉めるのも嫌だろう。

「今すぐ兵を退けば、ワシは松浦熊五郎の名をこの場で失念する。約束する。どうだ、悪い話ではあるまい?」

熊五郎の回答を待つ間に、別の方角から罵声が割り込んできた。

「こらァ、茂兵衛! おまん、なにをゴチャゴチャ画策しとるか! とっとと五十騎で突っ込まんか!」

平八郎が激怒している。熊五郎との交渉を急がないと、痺れを切らした彼らが先に飛び出しかねない。五十騎の援軍が絵空事である以上、打って出た平八郎たちは窮地に陥る。

ダ————ン。

左馬之助がいる方向から銃声がし、不意を突かれた茂兵衛は肩をすぼめた。

「こ、こらァ、左馬之助、撃つな！」

慌てて配下を制止した。左馬之助までが痺れを切らせたのだろうか。

「敵の一人がお頭に銃口を向けましたので、撃ち倒しましてございます」

と、木々の中から左馬之助の冷静な声がした。

「熊五郎、どういうことだら⁉　おまん、本気でやる気か？」

声だけの交渉相手を怒鳴りつけた。

「待て。今のはほんの手違いじゃ。謝る。察してくれ。どこにもおろう、跳ね返り者が」

少し迷った。理屈で考える分には、身元を知られた熊五郎は、徳川を攻撃しないだろう。兵を退くはずだ。ただ、姿も見えない落武者狩りの「退く」という言葉を闇雲に信じていいものだろうか。

猶予はない。

時が経てば、平八郎なり、熊五郎配下の跳ね返り者なりが、待ちくたびれて暴発する恐れがある。早い方がいい。

「熊五郎、兎《と》も角《かく》兵を退け。ワシらは先を急ぐ。おまんらを追撃したり、詮索したりする暇はない」

やがて「分かった。退く」との声が暗い森の中から返ってきた。

下草がザワザワと動き、身を隠していた甲賀の地侍たちが、あちこちから姿を現した。甲賀衆は、斜面に沿って森の奥へと消えていったが、意外に大人数だったのには驚かされた。およそ四十人ほどの鎧武者だ。裸武者が十四、五人の徳川方には——たとえ平八郎や大久保忠佐のような猛者《もさ》を擁していたとしても、勝ち目は薄かったろう。茂兵衛はホッと胸を撫で下ろしたのだが——

「茂兵衛、なぜ和睦した！　やれば勝っておったろうに」

平八郎の機嫌はすごぶる悪かった。

実は五十騎の援軍が存在せず、峠の向こう側には、怪我人と子供と駄馬がいるのみだったことを縷々《るる》説明せねばなるまい。

# 四

一行が裏白峠を下り始めたのは、戌《いぬ》の上刻（午後七時頃）辺りである。すでに森の中は闇に支配されていたが、西の空にはわずかな残照と三日月が残っていた。ただ、もう半刻（約一時間）もすれば、月は山の端に隠れてしまうだろう。そうなれば、真っ暗闇の山中を歩かねばならない。

平八郎指揮の一行は十三名──大将の本多平八郎以下、大久保家の叔父と甥、植田茂兵衛と横山左馬之助、花井庄右衛門と有泉大学助、他に甲賀多羅尾党の徒《か》士衆《ち》が六名護衛についてくれている。

甲賀衆によれば、裏白峠から山道を下り、その後は尾根に挟まれた谷筋を東へ真っ直ぐ二里（約八キロ）進むと多羅尾党の本拠地、小川城に着くらしい。

「我が殿は『三日の夜は小川城で一泊する』と言っておられた。ここからわずか二里だ。亥の上刻（午後九時頃）までには本隊と合流する。否、せねばならん。さささ、方々急がれよ！」

青毛馬に跨り、蜻蛉切《とんぼぎり》を抱えた平八郎が先頭に立ち、疲労に俯《うつむ》きがちな一行を鼓舞した。

茂兵衛も疲れ切ってはいたが「もう二里歩けば、横になって休める」と自分に言い聞かせ、石のように重たくなった足を、前に前にと出し続けた。

「止まれ」

平八郎が左手を上げて行列を止めた。

道端で年嵩の武士が馬を下り、蹲《うずくま》っている。腹の辺りを押さえ、苦しそうだ。浜名城代《はまなじょうだい》の本多百助ではないか。

「如何された？」

平八郎が訊いた。

「うん、持病が出よりました。差し込みが酷うてな」

（差し込みか……）

茂兵衛は、高根城番時代の四年間、案内役の猟師の鹿丸と親しく付き合った。以来、彼から強く薦められた熊胆《ゆうたん》を、常に携行するようにしている。熊の胆嚢《たんのう》を干して作る生薬――所謂《いわゆる》「熊《くま》の胆《い》」だ。飲めば万病に効くが、最も卓効を示すのは、腹痛なのである。

「とても苦うございますが、試してみますか？」

そう勧めると、

「熊の胆でも、狐の金玉でも飲む。こう痛くては、いざというとき殿のお役に立てん」

発想が三河者である。茂兵衛には今一つ理解し辛い。

通常、熊胆は水に溶かして飲むのだが、緊急時でもあり、米粒大をそのまま竹筒の水と共に服用させた。よほど苦かったのだろう。百助の肥えた頬が苦痛に歪んだ。

「如何ですか？」

「や、なにせ古くからの持病にござれば、なかなか……」

と、相変わらず腹を押さえていたのだが――やがて、ゆっくりと顔を上げた。

「面妖な……すっと痛みが消えたわ」

茂兵衛に驚きはなかった。熊胆、効くときは本当に効くのだ。

「百助殿、馬に乗れそうか？」

先を急ぐ平八郎が質した。

「や、申し訳ない。もう大丈夫にござる」

「では、参ろうか」

一行は一人増え、十四人となって坂を下り始めた。

しばらく歩くと、空の明るさは完全に消え、山間《やまあい》の道は墨を流したような闇に包まれた。三日月も山の端に隠れたし、今は星明かりだけが頼りだ。

「茂兵衛、ワシの馬に乗るか？」

闇の中から大久保忠佐が声をかけてきた。

「や、大丈夫。まだまだ歩けまする」

茂兵衛の駄馬には、大怪我を負った有泉を乗せている。茂兵衛としては歩くしかない。

「茂兵衛殿、相すまんなァ」

闇の中から有泉の声が謝罪した。

「大学助殿、お気にされるな。それがしは元気じゃ」

「ならばせめて、鉄砲だけでも拙者が持ちましょう」

今度は大久保忠隣の声だ。

猿顔の地侍から奪った火縄銃を、茂兵衛は後生大事に担いでいた。

「お心遣い、かたじけのうございまする。ただ、この鉄砲は軽うございますので大丈夫」

——大嘘である。

いくら小筒でも、重量は一貫（三・七五キロ）近くある。火薬や弾丸まで含めれば、軽く一貫を超すだろう。本音を言えば、疲れた体に鉄砲は重過ぎた。

ただ茂兵衛は、もう刀で敵と渡り合うのは懲り懲りだったのだ。

（俺にはそもそも剣術の天分がねェんだら。猿顔の野郎に突きを入れ、外したときようやく気づいた。出自が百姓云々は関係ねェ。生まれながらに刀の天分が欠落しとるんだわ）

であれば、たとえ鹵獲品《ろかくひん》でも、小口径の小筒でも、刀で戦うよりはうんとい い。如何に重くとも、茂兵衛は鉄砲を一瞬でも手放す気がしなかった。

（なあに、裏白峠からもう一里歩いたら休める。もう少しの辛抱だがや）

と、自らを鼓舞したのだが、亥の上刻（午後九時頃）を回っても、一行が小川城に着くことはなかった。

ゴン。

闇の中に、鈍い音と、平八郎の怒声が響いた。

「こらァ！」

「最前からずっと北辰《ほくしん》（北極星）に背を向けて下っとるぞ！　おまん、本当に甲賀衆か！」

「な、なにせ暗いもので……松明《たいまつ》を点《つ》けさせていただければ……」

ゴン。

「たァけ。松明など、落武者狩りを呼び集めるだけだら」

暗いので真相は不明だが、おそらく二度聞こえた鈍い音は、癇癪《かんしゃく》を起こした平八郎が、道案内の甲賀衆の兜を殴りつけた打撃音に相違ない。

（数少ない味方を、家来でもない者を……気安く殴るな、たァけが！）

思わず、心中で平八郎を罵倒した。平八郎は人生の大恩人である。その恩人を心中でとはいえ「たァけ」と呼ぶのは不遜極まる。

（平八郎様を「たァけ」とは……俺、心底から疲れとるんだわ）

茂兵衛だけではない。平八郎自身も疲れ果て、苛ついているのだ。

ただ、甲賀衆が道を間違えたのは事実らしい。まっすぐ東へ進んでいるなら、北極星は左手に見えているはずだ。それが段々背後に遠ざかっているとすれば、南に向かっていることになりはしないか。

平八郎は一行を止め、皆の意見を聴取した。

「山で迷ったのだから、出発点である裏白峠まで戻るべし」

「一応、道は続いているのだ。このまま坂を下れば、どこかの里に出るだろうから、そこで道を訊ねるべし」

「皆疲れている。この場で野宿をし、明るくなってから改めて進むべし」

などの意見が出た。

「今から裏白峠まで上るのは御免だ。それに戻る道をまた間違えるぞ。ここで野宿は論外……そんな暇はねェがや」

と、平八郎が総括し、結局、このまま坂を下ることにした。

夜半過ぎ、数軒の農家が立つ集落に出た。訊けば「湯舟《ゆぶね》」と呼ばれる裏白峠の真南に位置する山里であるそうな。

里人に詳しく道を訊ね、今度こそ北東の方角を目指して歩き出した。

## 五

四日未明。夜通し歩いて多羅尾氏の居城である小川城へと辿り着いた。だが、惜しくも家康一行は半刻（約一時間）前に出発したという。

「は、半刻か……急げば追いつけるな」

平八郎は、小川城で休息をとることなく、家康の後を追って、すぐに発つことを決意した。背後で聞き耳を立てていた幾人かが、視線を地面に落とした。小川城で少しは休める——その期待が裏切られ落胆したのだろう。

「で、我が殿は、どの道を選ばれたか？」

平八郎は、茂兵衛が山口城で入手した地図を示し、城兵に訊ねた。

「御斎峠《おとぎとうげ》を目指されました。ここ小川城からは辛い上り坂が続きまするが、一気に峠を越え、音羽《おとわ》を経て柘植《つげ》に抜けると……行程は七里（約二十八キロ）ほどにもなりましょうか」

城兵は、絵地図を指でなぞりながら丁寧に教えてくれた。七里なら、昼前には柘植に入れそうだ。

「かたじけない。多羅尾衆の御厚情は生涯忘れぬ。この御礼は後日必ず」

そう言い残して、平八郎は小川城を発った。

目指すは、御斎峠だ。

「御斎峠の手前に、多羅尾氏の詰めの砦があるそうな。長い上り坂の後じゃ。殿は砦で休まれるやも知れん。そこで追いつく。さ、方々急ごう。我らもようやく休めるぞ」

蛸蛉切を小脇に抱えて先頭を進みながら、平八郎が鼓舞した。

一同からは、応ずる声がまばらに上がった。

御斎峠へは、小川城から二里（約八キロ）ほどか。山道を延々と上る。裏白峠への上り坂と比べれば、かなりの急勾配だ。左右には農家も田畑もなく、黒々とした深い森がどこまでも続いていた。

「辛気臭い森だのう。天狗《てんぐ》でも出そうじゃ」

一人元気な平八郎が軽口を叩いたが、笑う者も相槌を打つ者もいない。誰もが疲労困憊しているのだ。

茂兵衛に関して言えば、六月二日の夜に四條畷《しじょうなわて》の禅寺を発って以来、ほとんど歩き通しで、一睡もしていない。その間、激しい戦闘が二回。少なくとも一里半（約六キロ）は有泉大学助を背負って歩いている。もう疾《と》うに、心身の限界を超えていた。

「うあッ」

鞍上《あんじょう》で船を漕いでいた大久保忠隣が急に叫び、口の周りの涎《よだれ》を拭い、周囲を見回した。

「たァけ。眠るな」

傍らで馬を進めていた大久保忠佐が、呆れ顔で甥を叱った。鞍上で眠り、涎を垂らし、夢を見る——人が極限状態にある証だ。

「ひ、彦左の奴が、怖い顔をして摑みかかってきたから」

忠隣が、呂律《ろれつ》の回らない声で説明した。

「たァけ。しょうもない夢を見るな」

忠佐が冷笑した。忠隣は彦左より七歳年長だが、彦左の方が叔父である。忠隣は父忠世が二十一歳のときの子だから、この時代としてはごく普通だ。一方、彦左は、父忠員《ただかず》が五十歳のときに生《な》した所謂「恥かきっ子」で、本人はそのことを大層気にしていた。年長の忠隣がふざけて「叔父上」などと呼びかけると、臍《へそ》を曲げて返事もしない。ま、その辺の人間関係の微妙なところが、忠隣の夢に影響したものと思われた。

「おい新十郎《しんじゅうろう》」

と、平八郎が振り返って忠隣に呼びかけた。

「はッ」

「なんぞ喋れ。喋り続けよ。黙っとるから、行軍中に眠ったりするのじゃ」

「平八郎様、新十郎は駄目ですわ。どうせ寝言で喋りよるから」

「ほうかい。ガハハハ」

忠佐の巧い冗談に、誰もが笑った。

茂兵衛も釣られて笑ったのだが、どうも最前から気になっていることがある。

(この道……二百人以上の武者が、ほんの半刻前に歩いた道とはどうも思えんが
……ま、俺も疲れとる、気のまわし過ぎかな)

そのとき、先頭を行く平八郎が身を捩《ね》じり、不快そうに手で顔を拭った。

「お待ち下さい」

と、思わず声が出た。何事かと行列が足を止める。

「なんら?」

駆け寄った茂兵衛に、平八郎が振り返った。

「蜘蛛《くも》の巣ですか?」

「ほうだら。糞蜘蛛がワシの顔を……」

「この道は違いまする。殿は、この道を行かれてはおられません」

平八郎の言葉を遮るようにして、一気に告げた。

「なにをゆうとる? 御斎峠はこのすぐ先じゃ。のう甲賀の衆?」

と、六人からなる甲賀の地侍たちを窺った。甲賀衆たちは一様に頷いたが、茂

兵衛は構わずに続けた。

「我々は速足で上って参りました。殿様御一行との差は、四半刻（約三十分）前後にまで縮まっておろうかと思われます」

「まどろっこしいな。なにが言いたい？」

平八郎が苛つき始めた。

「四半刻前に二百人からの行列が通った後、蜘蛛の巣がまた平八郎様のお顔にかかりましょうか？」

蜘蛛の巣が顔にかかる話――茂兵衛と平八郎の友情の原点だ。

「……ま、働き者の蜘蛛もおろうよ」

「ここは深い森の中の細い山道でございます」

落ち葉が路面を分厚く覆っており、その下は湿った土だ。幾人もの人が歩けば、表面の乾いた枯葉は裏返り、湿って黒く見える面を上に向ける。結果、多くの人が通った後は、道自体が黒く見えるものなのだ。また、人が歩く道の中央部の落ち葉が蹴散らされたり、踏まれたりで、土が露出した感じにもなる。これらの知識は高根城番を務めていた頃、道案内に雇っていた猟師の鹿丸から教わった。

「御覧になって下さい。我らが今通ってきた道と、我らがこれから進む道……違いましょう？」

「確かに、我らが来た道は、黒々としとるのう」

「逆に前方は……乾いた落ち葉が、綺麗に積もっとるままだがね」

大久保忠佐と忠隣が、相次いで茂兵衛の説に同意した。

「その通りにございます、現在の時刻は、おおむね卯《う》の上刻（午前五時頃）かと、本日この坂を上るのは我らが初ということにございます」

「しかし、小川城の城兵は、殿は御斎峠を目指されたと言ったぞ。あれは、偽りだと申すのか？」

平八郎が、怖い目で茂兵衛を睨みつけた。

「城兵が偽りを申したというより、殿様か、御家老辺りが、城兵を騙したのでございましょう」

「なぜ？」

「敵を欺くには、まず味方からと申します」

「と、いうと？」

「それがしの想像ですが……」

と、茂兵衛は続けた。

「これは、殿様らしい陽動かと」

「陽動⁉」

御斎峠から伊賀南部に下り、音羽を経て柘植に出る——と、小川城に言い残したのは衆目を伊賀南部に集める陽動の可能性がある。実際には東へと進み、桜《さくら》峠《とうげ》から伊賀北部を抜ける道を選んだのではあるまいか。

「な、なるほど」

家康一行は、小川城を出て森に入ったところで、東へと進む方向を変え、桜峠に向かった。峠を越えた伊賀北部は甲賀に近く、親織田色が強い。伊賀の乱でも織田側に付いて戦った国衆が多い。領民虐殺があり、織田方に深い遺恨を持つ伊賀南部を通るよりはよほど安全だろう。丸柱《まるばしら》を経て柘植に出れば、距離的にも五里（約二十キロ）ほどしかなく、七里はある伊賀南部を越えるよりうんと近い。

「平八郎殿、間違いないわ。今頃殿様は桜峠を越えておられるわ」

鞍上で、本多百助が平八郎に告げた。

「確かに、用心深い殿様ならやりかねん策じゃな。その場しのぎなところが如何にも左衛門尉様（酒井忠次）が言い出しそうだわ」

と、笑顔で呟き、しばらく考えた後、平八郎は一同の顔を睨《ね》め回した。

「ならば、我らがすべきことは明白じゃ。このまま御斎峠を越え、伊賀南部を突っ切るべし」

「ええッ」

誰もが驚いた。

常に家康の側にいて、身を挺しても主人を守りきることこそが、忠臣本多平八郎の眼目のはずだ。もし本当に家康が伊賀北部路を選んだのなら、すぐにも小川城まで引き返し、改めて桜峠へと向かうべきではないのか。

「殿には二百からの山口衆と多羅尾衆が、護衛として付いとる」

平八郎は断言した。

「もう人数は十分に足りとるわい」

一方、もし平八郎隊が「徳川家康一行」と称してこのまま伊賀南部へ進めば、敵の目を引きつけることになる。落武者狩りや、織田家への復讐を誓う伊賀者たちの視線は、平八郎隊に注がれるはずだ。その隙に本物の家康は無事に三河へと帰り着けばいい。これぞまさに殿が考えた陽動というものではないのか——と平八郎は説いた。

「幸か不幸か、本多百助殿は、年格好、背格好が我が殿によう似ておられる」

「ワ、ワシが殿にか?」

鞍上で百助が、当惑して顔を赤らめた。

「百助殿には、今後しばらく贋《にせ》の徳川三河守になっていただく」

「ならばいっそのこと、この道中の間、百助様を『殿』とお呼びしては如何?」

忠隣がおどけた。

「たァけ。畏れ多いわ。後でおまんらの酒の肴になるのは御免じゃ」

と、百助は抵抗したが、結局「殿様」と呼ぶことに決まった。

贋家康を奉じて敵国伊賀を突破する——この壮図《そうと》に一同の士気は大いに上がり、睡魔も吹き飛んだのだが——一人茂兵衛は不安に駆られていた。

(ま、敵の攻撃は、俺らに集中するわな)

人数は十四人、粗末ながらも甲冑を着けているのは応援の甲賀衆だけだ。茂兵衛と左馬之助が鹵獲した鉄砲が二挺に槍が数本。軍馬が四頭。駄馬が一頭。弓矢はない。たったこれだけの戦力で、果たして明智の褒美に目のくらんだ地侍や農民、織田方への復讐に燃える伊賀衆の猛攻を撥ね返せるのだろうか?

さらに問題は面子《めんつ》だ。

平八郎、本多百助、大久保忠佐は典型的な荒武者である。三人とも槍名人だし、正々堂々と白日の下で一軍を進退させれば一級品だ。しかし、贋家康を奉じての敵中突破となれば、不正規な戦いであり、悪知恵や奸計《かんけい》も必要となってくるだろう。彼らには不得手な分野だ。

有泉大学助は大怪我を負っている上に真面目一方、大久保忠隣は若様気質で善良に過ぎる。花井庄右衛門や横山左馬之助、応援の甲賀衆は、平八郎に直接ものを言うのは身分的に難しい。と、なると――

（おいおいおい、俺かよ？）

茂兵衛も、さほどに知恵の回る性質《たち》ではないが、この十四人を見回したとき、平八郎の軍師役を務められそうなのは、自分ぐらいだと気づいた。

（否も応もねェわ。やるしかあるめェ）

平八郎と百助、忠佐辺りに任せていたら、優勢な敵と遭遇した場合「ええい面倒なり、突っ込め」とやらかしかねない。茂兵衛が知恵を絞ることで、この十四人が無駄に死なずに済むのなら、頑張り甲斐もある。

一昨日、茂兵衛は平八郎に「命をやる」と約束した。その気持ちは今も変わらないが、犬死には嫌だ。やるだけやって斬り死にするのは仕方ない。でもそれは最後の最後だ。どう死ぬかに収斂《しゅうれん》する武士と、どう死なないかを志向する農民との感覚のズレなのだろう。立派な甲冑を着け、晴れがましく鉄砲隊百人を指揮する身となっても、茂兵衛の心性は未だ百姓のままであった。

大汗をかきながら御斎峠に上り詰めると、眼下に絶景が広がっていた。伊賀盆地である。茂兵衛が「盆地」という名称から想像していたより、かなり広々としていた。斜面に沿って吹き上がってくる早朝の風が、火照《ほて》った肌に心地よかった。

「あれが伊賀上野《うえの》か……広いな」

「伊賀のど真ん中を突っ切るわけではあるまい。さすがに命が幾つあっても足りんがね」

大久保忠佐と忠隣がボソボソと言葉を交わすのを聞いていた平八郎が、絵地図を広げた。地図が風にバタバタとはためく。山口城で茂兵衛が貰った地図だが、今は指揮官である平八郎に進呈したかたちとなっている。

「伊賀上野は通らん」

平八郎が誰に言うでもなく呟いた。

「左手に低い山がうねうねと連なっておろう。あの山並みを伝って往く。殿が小川城で言い残された通り、音羽を経て柘植に出る。できれば、昼前までに柘植に着く」

そう言って平八郎は天を仰いだ。南西の空に黒雲が湧いている。こちらへと向かってくる気配だ。

「雨になど、ならねばええがのう」

絵地図を丁寧にたたんで懐にしまい、平八郎が青毛馬の鐙を蹴った。ここから柘植まで、残り五里（約二十キロ）だ。

六

深夜の山中でこそ、道案内をしくじった甲賀衆だが、朝の伊賀路で迷うことはなかった。御斎峠から森の細道を一里（約四キロ）ほど下ると払子川《ふっこがわ》の源流部に出た。細い流れに沿って斜面をさらに四半里（約一キロ）下ると、道はなだらかになり、やがて山間の小さな集落へと出た。

「小川城を出て以来の人里じゃな」

馬上の平八郎が蜻蛉切を抱え直して呟いたが、道案内の甲賀衆が「御意」と応えた以外、誰も返事をしなかった。騎馬の者は鞍の上で、徒士の者は歩きながら、誰もが器用に眠っていたのだ。今は六月四日の早朝だ。二日の朝に起床して以来の丸二日間、まったく眠っていない。峠を越え、戦もした。そろそろ気力も体力も尽き果てようとしていた。

かくいう茂兵衛も歩きながら眠っていた一人で、平八郎の声で目が覚めた。半覚醒というか、半睡眠というべきか、要領を覚えると歩きながらでも結構眠れる。不思議と道を踏み外すことはないし、往く手を塞ぐ倒木も足が勝手に踏み越えてくれた。

欠伸《あくび》を嚙み殺しながら、周囲を見回した。東へ向けて流れる払子川の細い流れを挟むようにして両側から里山が迫り、山と山の間の一町（約百九メートル）ほどの平地が田畑となっている。農地は東西に細長く続いていた。茅葺《かやぶ》きの農家が里山の際に沿って、ポツリポツリと窺われた。よく見る山里の風景のはずだが、茂兵衛はわずかに違和感を覚えた。

季節は梅雨《つゆ》だ。つまり農繁期である。卯の下刻（午前六時頃）、見渡す田圃に農民の姿が見えないのは腑に落ちない。

「平八郎様、暫時お待ち下さい」

と、小さく声をかけ、その旨を伝えた。

「襲撃があると申すのか？」

「少なくとも、家の中から様子を窺っておるやに思われまする」

「妙ちきりんな話だのう。この先の音羽郷を抜けて柘植に出ると、陽動のため確かに殿は公言したろうよ。しかし、どうしてそれが百姓どもの耳に入る？　鼻が利き過ぎではねェか！」

平八郎が苛ついて馬の鞍を拳固《げんこ》で叩いた。

元は「落武者を狩る側の百姓」だった茂兵衛に言わせれば、落武者狩りの農民たちの情報網などというものは極めて杜撰《ずさん》である。どこそこで戦があった。勝ちはどちらで負けはどちら――その程度だ。落武者が通りそうだと思われるすべての村々で準備だけはする。裏白峠のような要所で待ち構えるか、せめて物見を出しておく。で、もし本当に来れば襲って身ぐるみを剝《は》ぐし、来なければ解散して家に帰る。多くの村では、落武者は通らない。

（この集落でも、半信半疑で御斎峠辺りに物見を出していたんだろうさ。で、偶々《たまたま》俺らがやってきた。奴らは今、値踏みをしとるんだら。やれんのか？　勝て

んのか？　銭は持ってそうか？　恩賞首か？　などとな）

「ま、ものは考えようで、狙いどおりやも知れん」

平八郎が一同を見回しながら言い放った。

「ワシらがこの地で、落武者狩りの襲撃を受けて討死すれば『三河守はすでに討ち取られた』と広まり、むしろ殿の身は安全になるからのう」

「ほうだら。死に甲斐があるってもんだがね」

大久保忠佐が嬉しげに呟くと、あちこちから「ほうだ」「ほうだら」の声が上がった。家康とは主従関係もなく、単なる助っ人に過ぎない甲賀衆までもが、顔を紅潮させ、盛んに頷いている。

（おいおいおい、勘弁してくれよォ。あちこち竹槍で刺されるんだぞ？　錆びた鎌で首を切られるんだぞ？）

と、茂兵衛は辟易《へきえき》したが、元より口には出さない。武士としては、平八郎や忠佐の感覚の方がむしろ普通で、茂兵衛の方が明らかに「変」なのだ。ま、その辺りのことは頭で分かっているから、笑顔で明るく頷いてみせた。

ただ今回、別の方角から茂兵衛の同調者が現れた。本多百助である。

「平八郎殿、忠佐殿の心意気やよし。されど、ここで死に急ぐのは悪手でござろうよ」

「と、申されると？」

平八郎が質した。

「されば、我らはたとえ見苦しくとも生き永らえ、三河守一行を名乗って衆目を引きつけつつ、伊賀国内を駆け抜けるべきかと存ずる」

「うん。確かに、その方が陽動としての効果は高かろうな」

大久保忠隣が百助に同調したので、茂兵衛も「一理ござるな」と呟いておくとにした。百助の説は正論であり、平八郎も忠佐も取り立てて異議を唱えることはなかった。

一行は、また払子川に沿って歩き始めた。

「左馬之助、いつでも鉄砲を撃てるようにしておけよ」

「はッ」

弾を込め、火縄の火を消さないようにしておけば、すぐに応戦できるだろう。裏白峠で敵から鹵獲した鉄砲は、小口径の三匁（約十一グラム）筒だ。普段茂兵衛の鉄砲隊が使っている六匁（約二十三グラム）筒より威力は大分落ちるが、その分発砲時の反動が小さいので、命中精度は高くなる。遠くを狙っても当てられるから、上手くすれば敵が来るまでに二発撃ち込める。茂兵衛と左馬之助で、敵の数を少なくとも四人は減らしておくことが肝要だ。

静かな山里を進んだ。蟬《せみ》にはまだ少し早い。田植えの後で稲が伸びておらず、水面が広く見渡せる田圃では、無数の蛙《かえる》が景気よく鳴いている。空が大分暗くなってきているから、そろそろ降りだすかも知れない。

「人っ子一人おらんのう」

駄馬の背で有泉が呟いた。

東へ半里（約二キロ）歩くと、払子川は右に大きく蛇行し、南方へ向かって流れ始めた。道の両側から山が迫り、五町（約五百四十五メートル）ほども続く隘《あい》路《ろ》へとさしかかった。

（嫌な感じだのう）

虫の知らせか――茂兵衛の武人としての感覚が、この場所の危うさを告げていた。襲撃するなら持ってこいの地形だ。

「走るぞ」

先頭の平八郎が右手を上げて振り返り、一行に命じた。

武人として平八郎も、危険を察知したのだろう。

瞬間、空気を切り裂く音がして、一筋の矢が本多百助の乗馬の尻に突き刺さった。馬は悲鳴を上げて棹立ちとなったが、百助が手綱捌《たづなさば》きも鮮やかに、馬の動揺を鎮めてみせた。元来、軍馬は度胸が据わっており、傷や痛みには強い。百助はそのまま馬を進め、周囲の山腹に向かって大音声《だいおんじょう》を張り上げた。

「ワシは徳川三河守家康である。手荒い歓迎を受けておるようじゃが、ワシには伊賀の衆に恨みを買った覚えがトンとない。ことと次第によってはこの首さし上げる故、教えては下さらんか⁉」

平八郎が、茂兵衛に目配せしてみせた。百助が家康を熱演している隙に、全員一丸となってこの隘路を駆け抜ける肚《はら》と見た。異存はない。多少の矢弾は受けようが十四人全員を倒すことはできまい。

平八郎が右手を上げ、まさに「走れ」と叫ぼうとした刹那――

百助の乗馬が後肢からガクリと崩れ落ち、百助はもんどりうって落馬した。

「な！」

地面に横たわった馬は、起き上がろうと必死にもがくが、足腰に力が入らないようだ。やがて口から泡を吹き、四肢を痙攣《けいれん》させ始めた。おかしい。尻に矢を受けたぐらいで瀕死に陥る軍馬はいない。

「ど、毒矢じゃ!」

有泉が叫んだ。

「毒矢だと!」

もし本当に毒矢が相手なら、下手に駆けだすのは危険だ。ほんの踵《かかと》の先にでも矢傷を負えば、それが致命傷になりかねないのだから。物陰に隠れ、毒の塗られた鏃《やじり》を身に寄せつけないのが心得というものだろう。

「川縁《かわべり》に飛び降りろ!」

茂兵衛は叫び、有泉を乗せた駄馬の轡《くつわ》を摑んで、土手下を流れる払子川の川縁へと馬ごと滑り落ち、身を伏せた。

すぐに仲間たちも茂兵衛の後を追う。戦場で生き残りたいのなら、目端の利く者の後に続くのが心得だ。事実、幾筋かの矢が浴びせかけられたが、幸い矢傷を負った者はいなかった。

茂兵衛は矢の出所、射手の居場所を見極めようと、土手の陰から山の斜面を窺った。

(鉄砲はねェようだ。意外に弓の数も少ねェんじゃねェかな? 射手は二人か)

正面の木陰に一人、右手の草叢に一人いる。

ズン。

顔から二尺（約六十センチ）の所に矢が突き刺さり、思わず茂兵衛は首をすくめた。

（あ、危ねェ）

刺さった矢の角度を読めば、左の立木の陰にもう一人射手がいるようだ。

（三人か……ふん、大した数じゃねェわ）

ただ、平八郎隊の十四人は袋の鼠《ねずみ》であった。

川の両岸が高さ五尺（約百五十センチ）ほどの土手となっており、それが唯一毒矢を防ぐよすがである。

百助の馬は前肢で盛んに宙を掻いていたが、やがて悲鳴に近い嘶《いなな》きを上げ、その後は動きを止めた。

「あの馬の様子からすれば、おそらく毒はトリカブトにござろう」

有泉の確信を持った言葉に、大久保忠佐が嚙みついた。

「随分と詳しいのう。貴公、使ったことでもあるのか？」

「実は……ござる」

有泉が小さな声で答えた。

「恥ずかしながら武田家では、ときに毒矢を用いました」

「……毒矢を？　た、たまらんのう」

大久保忠隣が嘆息を漏らした。

本邦においては、天平宝字元年《てんぴょうほうじ》（七五七）施行の養老律令《ようろうりつりょう》に、トリカブトを用いた殺人、トリカブトを売却した者への重罰規定が見え、古来より対人武器として毒を用いることは禁忌とされてきた。血なまぐさい戦国の世にあっても、戦で毒を用いた例は極めて希である。苟《いやしく》も武士たる者、毒を得物としない不文律、あるいは矜持のようなものがあったのかも知れない。

（天下の武田が毒矢を使う御時世なら、そりゃ伊賀の乱破素破《らっぱすっぱ》は使うわな）

伊賀者や甲賀者は、決して妖術使いではない。毒の使用を含め、普通の武士とは違う戦い方をするだけだ。創意工夫に満ちた独特の戦法を用いるから「妖しの者ども」との偏見を持たれた。彼らと戦うなら、茂兵衛たちにも、それなりに工夫した戦い方が求められよう。

茂兵衛は、苦悶の表情を浮かべる馬の骸《むくろ》を見つめた。見開かれた両眼の色が薄くぼやけ始めている。人も獣も、目の色が変わると、蘇生の可能性はない。

（哀れなもんだがや）

正視に耐えず、馬から目を逸らした先──払子川の水面《みなも》に、夥《おびただ》しい数の魚が浮いている。尋常ならざる数だ。

「だ、大学助殿？」

「は？」

「毒の使い方だが……川に流したりもするのか？」

茂兵衛が指さす彼方を確認した有泉の顔色が変わった。

「方々、この川の水には毒が流されておりまするぞ」

有泉が叫んだ。

「飲むのは勿論、飛沫《しぶき》を被るのもお気をつけられよ！」

（伊賀衆、本気だな。本気で三河守を殺しにきとるわ……果てさて、どうやって逃げる？）

と、茂兵衛は周囲を見回した。里山に区切られた山里の狭い空に、黒い雲が張り出してきている。

（雨雲かな？）

「植田、ちとよいかな？」

川縁を這い寄ってきた百助が、茂兵衛の袖を引いた。また腹痛が再発したというのだ。

「すまんが例の熊の胆……今少し分けてはくれぬか？」

「なんの、お安い御用で」

と、腰に下げている印籠から熊の胆を摑みだし、小刀で削っているところに声が聞こえた。

「おーい、三河守」

おそらくは伊賀衆であろうしわがれた声が、払子川左岸の山腹から聞こえた。

「伊賀の衆……ワシじゃ三河守じゃ」

腹痛の贋家康が苦しげに応え、急いで熊の胆を受け取り、口に含んだ。

「山の一部が岩壁になっておろう。見えるか？」

「おう、よう見える」

百助が土手から首を伸ばして答えた。

「岩壁に彫られた七体の地蔵な……それは昨年、この音羽郷で織田勢に殺された九歳以下の童《わらわ》たちの鎮魂のため、ワシが彫らせた摩崖仏《まがいぶつ》よ」

「だから、ワシらは知らんがや！　恨むなら信長のたァけを恨めや！」

平八郎が月代《さかやき》の辺りを苛々と掻きむしりながら吼《ほ》えた。

「のう、伊賀の衆」

反対に百助は穏やかな声で、山腹に潜む見えない敵に呼びかけた。

「昨年の伊賀攻め、我が徳川からはただの一兵も出してはおらん。むしろ織田から追われた伊賀衆を数多《あまた》、我が領国内で匿《かくま》ったほどじゃ。この事実をお主は知らんのか？」

しばらく間があってから、応えが戻ってきた。

「では訊く。お主が、三河、遠江《とおとうみ》、駿河《するが》、三ヶ国の太守になれたのは、信長のお陰ではないのか？　非道の信長を支え続けた褒美ではなかったか？　お主は、信長の忠実な飼い犬よ。鬼畜を援ける者は、鬼畜と同罪ということ。今さら、織田と徳川は別などと見苦しい言挙《ことあ》げを致すな」

冷たい風が吹き、ポツポツと大粒の雨が降り出した。辺りは薄暗くなっている。ドシャ降りになる雲の色だ。茂兵衛はこれを待っていた。

「伊賀の衆、折角だから貴公の名を聞かせてくれんか？」

「ワシは逃げも隠れもせん。伊賀音羽の住人、石原源太《いしはらげんた》」

「石原源太……覚えておこう」

百助と伊賀衆が問答をしている間に、茂兵衛は平八郎のところへ這い寄った。

「この雨が強く降り出したら、皆で駆け出して下され。それがしと横山がこの場に残り、射手を狙撃して牽制致します」

「ほうか。ならば言葉に甘えてな……右手の藪に射手がおる。あれをまず撃ち殺してくれや。逃げるとき、野郎の目の前を通ることになるからのう」

「承知」

「その後、おまんらはどうする？」

「勿論逃げます。奴らは贋三河守を追って、平八郎様たちについていくでしょう。俺らなんぞに目もくれやしませんさ」

「確かに」

平八郎が苦く笑った。降りが激しくなってきた。雨音がハッキリ聞こえ、雨粒が棒のよう見える。

「平八郎様、御武運を！」

「おまんもな！　柘植で会おう」

「はい、柘植で必ず」

と、笑顔で頷き合って左右に分かれた。

# 七

弓も火縄銃も、須《すべか》らく飛道具は雨を嫌う。弓は、雨に濡れると弦がべたつくし、矢は曲がるし、射手は大層苦労する。一方鉄砲は、水滴で火縄の火が消えたり、火皿に盛った口薬が濡れることを嫌った。かつて茂兵衛は善四郎の下で弓組の寄騎を務めた。今は鉄砲組を率いている。二つの得物に精通した自分の印象では、案外鉄砲より弓の方が、より雨天を苦手とするように感じていた。鉄砲の場合、黒色火薬の爆轟《ばくごう》さえ起こさせれば、弾は晴天と同じように飛ぶし、命中精度や威力が落ちることもない。要は、機関部《カラクリ》さえ濡らさなければいいのだ。

鉄砲には雨への対策があった。

一つは火縄を消え難く作っておく心得だ。硝石《しょうせき》を溶かした湯で火縄をよく煮て、さらに漆《うるし》を掛ける。こうすると火縄は濡れてもなかなか消えないものだ。

二つ目は、雨覆いである。火皿の銃身側に水滴を避ける金属片が取り付けられている。もうこれだけで随分効果があるのだが、豪雨の場合は、機関部全体を籠《かご》や箱のようなもので覆う工夫も見られた。照準はし難くなるが、これなら確実に撃てる。

鹵獲品の鉄砲にも火皿横の雨覆いは装着されていたし、火縄にも防水加工が施されていた。甲賀衆、なかなかよい心得である。ただ雨が酷いので、川縁に生えていた蕗《ふき》の大葉を幾枚か重ね、機関部を覆った。

「右手の藪に一人、正面の檜《ひのき》の陰に一人、左手の立木の陰にもう一人」

「ああ、おりますなァ」

三名いると思われる敵の弓兵の位置を左馬之助に伝えたのだが、抑揚のない返事が戻ってきた。

「射手が矢を放つとき、どうしても物陰から身を乗り出す。そこを俺らが鉄砲で撃つ。まずは右手の草叢の射手からだ、ええな？」

「承知」

左馬之助が眉一つ動かさず、無表情で頷いた。

（ほんまにコヤツには喜怒哀楽ってもんがねェのか。変わり者なところは俺も似たり寄ったりだが……ま、今はそれどころじゃねェか）

「植田様」

と、花井庄右衛門が遠慮がちに声をかけてきた。

「拙者も残りましょうか？　なんぞお役に立てるやも知れませぬゆえ」

ま、性格の良い若者だとは思うが、戦の経験がない上に、知恵も足りない。ここは左馬之助と二人の方がやり易いと感じた。ただ、それをそのまま伝えるのは如何にも酷い。

「花井殿、本多百助様は現在、三ヶ国の太守を演じておられるのですぞ。一人でも従者は多い方がええ。少ないと贋者とバレかねん」

「と、申されますと？」

気の回らない若者が怪訝な顔をした。横で聞いていて、茂兵衛以上に苛ついたのか、左馬之助が一歩前に踏み出した。

「お頭はですな、貴公に『ここには要らんから、本多様と一緒にゆけ』と申されておるのでござるよ」

と、皮肉たっぷりに突き放した。

「あ……な、なるほど」

若者は肩を落とし、俯いてしまった。さすがに厄介者扱いされていることを理解したのだろう。

茂兵衛は、底意地の悪い左馬之助をひと睨みしてから、花井に言った。

「花井殿に一つ頼みたいことがある。今、有泉大学助殿を乗せている駄馬のことだがな」

「ああ、はいはい」

「愛しくてならん。どうも情が移ったようじゃ」

「だ、誰に？」

（だから、馬にだよ！）

と、心中では吼《ほ》えたが、表面上は穏やかな笑顔を取り繕った。

「あの駄馬を、浜松《はままつ》にまで連れて帰りたいが、伊勢からは海路となろうし、連れては行けん。伊勢の港で誰ぞ百姓にでもくれてやってはくれぬか。銭などは要らんが、馬を虐《いじ》めたりせぬ優しげな者を、貴公の眼力で選んだ上で、くれてやって欲しいのじゃ」

ふた呼吸ほど考えてから、花井は嬉しげに元気よく「はい、お任せ下され」と請け負った。傍らで左馬之助が首筋を掻いた。

ここで一段と雨の降りが激しくなった。

「それ今だ！　走れ！」

かねて申し合わせの通り、平八郎たちが息を合わせて駆け出した。雨音に混じって「動いたァ」と鋭く叫ぶ声がする。伊賀衆の声だ。

茂兵衛と左馬之助は鉄砲を構えた。平八郎たち最大の脅威となる右手の射手に銃口を向ける。

前目当《まえめあて》（照門）と先目当《さきめあて》（照星）が重なる先、灌木《かんぼく》の茂みの中に、半弓を引き絞る若い男が見えた。

ダーン。

左馬之助が撃った。男は血飛沫を上げて倒れ、斜面を転がり落ちた。

「左馬之助、見事！」

左馬之助が装弾している間は茂兵衛の出番だ。素早く正面の檜に照準を合わせる。

（え⁉）

斜面の上、檜の陰の射手がこちらを狙って弓を引き絞っているではないか。

鉄砲と毒矢、それぞれが必殺の武器を構えて向き合った。この男も若い。高低差こそあるものの、彼我の距離は半町（約五十五メートル）と離れていまい。矢でも鉄砲でも十分に狙って当てられる距離だ。

（糞がッ）

本能のままに引鉄を引いた。

ドーン。

目当の先で男が血飛沫を上げるのと同時に、茂兵衛の月代のすぐ上を毒矢が掠《かす》めて飛んだ。

（たァけが……射ち下ろしで、的の上方に外す野郎は素人だがや）

弓でも鉄砲でも同じだ。上から下へ射るときは、狙いをやや下げるのが心得である。逆に、下から射上げるときには、狙いをやや上目に定める。知識としては知っていても、いざ敵に対すると心得を忘れ、ついそのまま照準を合わせ、的を外すことが多い。これを回避するには、繰り返しの鍛錬あるのみ。

鉄砲の心得といえばもう一つ――撃ったらすぐに次弾を込めることだ。

雨に濡れないよう腐心しながら銃口から早合を注ぎ入れ、槊杖《さくじょう》で突き固める。

敵の主力は、平八郎たち――つまりは贋三河守の一行――を追い、去ってしまったようだ。

ダーン。

左馬之助に撃たれた最後の弓兵が、左手の立木から斜面を転がり落ちてきた。

これで最も危険な毒矢の恐怖から解放された。

「お頭？」

左馬之助が、次弾の装塡をしながら話しかけてきた。

「小筒もええですなァ。巣口《すぐち》（銃口）が暴れずよう当たる」

「遠距離で南蛮胴を撃ち抜けるか？」

「ま、そこですな」

昨今、分厚い南蛮胴を着る武将も多い。鉄砲隊としては、どうしても中筒以上の大口径を用いざるを得ないのだ。

「死ねッ、信長ァ！」

短い手槍を構えた男が突っ込んできた。野良着に胴と草摺のみの軽装だ。

（たァけ、信長ァ死んだよ！）

ドーン。

と、腹に三匁（約十一グラム）の鉛弾をぶち込んでやった。男は槍を放り出し、雨にぬかるんだ道で断末魔の声を上げ絶命した。

次弾の装塡にとりかかると同時に、路上に溜まった水を撥ね上げ、足音が迫る。今度は——二人だ。

「左は任せた！」

「承知！」

ダーン。

左側を走っていた男がもんどりうって倒れた。左馬之助は狙いを外さない。十三年も前のことだが、こんな凄腕の射手に、茂兵衛は背後から狙われた。ま、よく生きていると思う。

「オッカァの仇《かたき》ッ！」

右側を走っていた男が、刀を振りかぶり茂兵衛に突っ込んできた。

（オッカァの仇は信長だらァ！）

と、腹に向けて引鉄を引いた。

カチッ。

もう一度引く。

カチ。

——不発だ。

左馬之助は——早合を銃口から注ぎ入れている。敵は目前だ。間に合わない。

身の毛がよだち、冷や汗が背筋を伝った。

織田勢に殺された母親の霊魂が、あるいは倅《せがれ》を守ろうと、茂兵衛の火皿に雨粒を落としたのかも知れない。

遺恨の一刀が頭に振り下ろされる。仰《の》け反《ぞ》ってなんとか逃れようとする。今日の茂兵衛は兜も面頬も着けていない。

（ああ、俺ァ死ぬんだ）

男は母親を殺されたのかも知れないが、綾乃《あやの》も今、父を亡くそうとしている。寿美《すみ》は、三度《みたび》夫を奪われるのだ。

（南無三《なむさん》！）

反射的に右腕が頭の上に伸びた。

ガチン。

籠手に縫い付けられた堅牢な座盤が、刀身を受け止めた。籠手――山口城で貰った唯一の防具が茂兵衛の命を救った。腕は痺れたが命は延びた。

不発の鉄砲を横に薙《な》ぎ、敵の両足を払った。どうと転倒した男の襟首を摑んで川縁へと引きずり込む。台木《だいぎ》（先台《さきだい》）の辺りを鋤か鍬のように握り、台《だい》カブ（銃尾）の先で強《した》かに幾度も殴りつけた。台カブの先端には芝引金という頑丈な金具が付いている。殴られ続けた顔は瞬《また》く間に赤黒い肉塊と化し、男は一切の動きを止めた。

親の仇を討とうと、恐ろしい鉄砲に向かってきた勇気ある若者を殺すのは忍びなかったが、茂兵衛も死ぬわけにはいかないのだ。

(あの世でオッカァに甘えなよ。ナンマンダブ、ナンマンダブ、ナンマンダブ)

心中で三回唱えた。

「鉄砲、壊れてしまいましたね」

左馬之助に声をかけられ、我に返った。

見れば火鋏はなくなり、銃身が曲がって台木から外れている。もうこの鉄砲は使い物にならない。

「うちの足軽がやったら、大目玉ですな」

「ほうだら。鉄砲を大事にしねェ鉄砲足軽は、俺がぶん殴ってやるわ」

手前勝手な言い分だとも思ったが、茂兵衛の役目は鉄砲を撃つことではない。鉄砲を撃つ足軽たちを統《す》べるのが仕事だ。鉄砲を大事にしない鉄砲足軽と比肩されるのは、配下の足軽を粗末に扱う足軽大将であろう。もしそうなったら、自分は殿様から大目玉を食らうことになる。

すでに雨は止んでいた。茂兵衛と左馬之助が戦った小さな戦場には、まだ硝煙が薄《うっす》らと棚引いている。

「な、左馬之助よ」

「はい」

「あれだなァ……やはり鉄砲と雨は相性が悪いなァ」

「今さら、なんですか？」

左馬之助が呆れたように笑った。

## 八

四日の昼頃、平八郎たちからわずかに遅れて、茂兵衛と左馬之助も柘植に到着した。家康本隊は、浄土宗《じょうどしゅう》の寺である徳永寺《とくえいじ》で休息をとっていた。庭と言わず廊下と言わず、境内の至る所で、家臣たちが丸太のように転がり、高鼾《たかいびき》をかいている。負け戦から逃げ帰った城内――そうだ、三方ヶ原での敗戦直後の浜松城内もこうだったのだ。

茂兵衛はすぐに、家康のいる書院へと呼ばれた。平八郎の他に、筆頭家老の酒井忠次と次席家老の石川数正が同席している。三人ともさすがに疲労の色は隠せない。顔や衣服が煤けて見えた。

「すぐに書き終わる。暫時待っておれ」

手紙を認《したた》めている家康が、筆を走らせながら言った。家康に代わって酒井が話し始めた。

「服部半蔵の伝手《つて》でな、二百からの伊賀衆が護衛にかけつけてくれたのよ」

これで総勢四百五十からの大部隊となった。落武者狩り、野盗の類《たぐい》はもう家康の脅威ではない。

「どうなることかと不安だったが、これでようやく三河への道が見えてきたわ」

酒井が嬉しそうに笑った。

「だが、ゆっくりしておる暇はないぞ」

筆を走らせながら家康が言った。

「次は甲斐《かい》じゃ。あわよくば信濃《しなの》も獲る」

「と、申されますと？」

平八郎が訊くと、家康は文机《ふづくえ》に向かったまま言葉を継いだ。

「火事場泥棒よ。本日以降、ワシは火事場泥棒になる」

判じ物のような言葉を投げたところで家康は筆をおき、三通の手紙を石川に渡し、何事かを囁《ささや》いた後、ようやく平八郎と茂兵衛に向き直った。石川は一礼し、手紙を手に退席した。

「さあ、済んだ……平八、ご苦労であったのぅ」

家康は、優しげな声で平八郎の労をねぎらった後、茂兵衛には打って変わった厳しい声で質した。

「植田、梅雪の顚末を聞かせよ」

「はッ」

どこからどのように話すべきか、少し迷った。体以上に頭が疲れており、どうも失言が怖い。下手をすると、穴山家の勝千代以下が路頭に迷うことになる。

「陸奥守《むつのかみ》様は、真摯に殿軍《しんがり》を相務めておられました」

「うん」

家康は腹の前で両手を組み、瞑目して茂兵衛の話を聞いている。その手は、薄黒く汚れていた。

「二日の夜半近く、夥しい数の松明の火を認め、それが地侍に率いられた五十名からの農民であることを知ったのでございます」

「うん」

「陸奥守様は殿軍として、殿の本隊を落武者狩りから守るべく、囮《おとり》となるために、本隊とは違う北への道に進んだのでございます」

「北か……つまり、京へ向かったのだな」

「いえ、京ではなく、本隊から引き離すための囮となって……」

「たァけ。黙れ」

ギョロリと目を剝き一喝された。ここは平伏するしかない。

「おまんの下手な糞芝居はどうでもええ。確と答えよ。梅雪は死んだのか？」

下手な糞芝居――梅雪は有泉らを前に「京に向かう」と明言したのだし、茂兵衛への態度を見ても明智側に寝返る気だったのは間違いあるまい。そして、家康はそれを見抜いている。

「はいッ」

「おまん、見たのか？」

「それがしが見ましたのは、全滅に近い穴山衆の姿のみにございまするが、只ひとり生還した家老の有泉大学助は、陸奥守様のお最期を確と見たやに申しておりまする」

「主人を死なせた有泉は何故、おめおめと生きて帰ったのか？」

「それがしが説き伏せ、思い止まらせました」

「なんと説いた？」

「今この時よりは、徳川に忠勤を尽くすことで、勝千代君と穴山家の将来を安泰にすべきであると、それこそが家老たる有泉の忠義の道であると、腹など切っておる場合ではないと、かき口説きましてございます」

「有泉はなんと申した？」

「そのようにすると……納得し、腹も切りませんでした」

「ふ～ん……」

家康は、気の抜けたような反応を示し、酒井と目配せし合った。一方、平八郎は「我関せず」の体で、寺の庭の景色を眺めている。平八郎は、主人である武田家を裏切った梅雪を嫌悪していた。梅雪や穴山家がどうなろうが、関心はないのだろう。ま、元々徳川家と家康以外には何の興味も持てない御仁だ。

家康はしばらく考えていたが、やがて――

「や、植田、でかした。それでよい」

と、急に相好《そうごう》を崩した。

「陸奥守は、殿軍の役目を全うして討死した……そういうことじゃな？」

「御意ッ」

ホッとして平伏した。家康が梅雪の死を公に討死と認めてくれたのだ。これで穴山家の人々が路頭に迷わずにすむ。

「勝千代が成人するまでは、家老の有泉に穴山家を纏《まと》めさせよ。おまんが伝えた通り、徳川に忠勤を尽くせば、勝千代にも穴山家にも悪《あ》しゅうはせん。必ず身の立つようにして遣わす。このこと有泉に確と申し伝えよ。ええな」

「ははッ」

再度平伏した。茂兵衛の読み通りである。家康は梅雪の裏切りに気づいても、そのことで自分が利得を得られるなら、事の真偽、正義不正義には拘《こだわ》るまいと確信していたのだ。

(殿様はそういうお方よ。手前《てめ》ェの気分や好き嫌いで動くことはねェ。あるのは損得勘定のみ……むしろ、俺ら家来には仕え易い主人だがね)

「平八、最前に伯耆に渡した三通な。あれは岡部正綱《おかべまさつな》、依田信蕃《よだのぶしげ》、曾根昌世《そねまさよ》の書状よ」

「三人とも武田の旧臣ではございませぬか」

「うん。狙いは甲斐だからな。あわよくば信濃も獲る」

「信長公の敵討ちは如何致されますか？」

酒井が薄笑いを浮かべながら話に割って入った。

「ああ、それもやらねばのう……せめて形だけでもやらねば……と申せば語弊があろうが」

家康と酒井、それに平八郎が声を上げて笑った。茂兵衛は笑うわけにもいかず、主人と重臣《おとな》たちの笑顔をチラチラと窺っていた。

「ええか植田」

「ははッ」

「ご苦労だが三河に戻ったら、その足で穴山衆とともに甲斐へ向かってもらう」

と、小声で命じられた。黙って平伏した。

ご苦労もなにも、二日の夜以来一睡もしていないのだが、主人はもう、次を見据えて走り出していた。ゆっくり骨休めをする猶予などはなさそうだ。この時点ですでに、家康にとっての「伊賀越え」は終わっていたのである。

# 第三章　火事場泥棒

## 一

六月五日の未明に、三河岡崎城《みかわおかざきじよう》へと生還した家康がまず最初に着手したのは、匿《かくま》っていた武田の遺臣たちを潜伏先から呼び集めることであった。やはり柘植《つげ》での言葉通り、光秀討伐の手配りなどは二の次だったのである。

伊賀《いが》越《ご》えの最中に書状を出した岡部正綱、依田信蕃、曾根昌世ら、駿河《するが》、信《しな》濃《の》、甲斐《かい》出身の錚々《そうそう》たる武将たちが岡崎城や浜松城《はままつじよう》に召集された。

信長は甲州《こうしゆう》侵攻後、武田の旧臣たちを「根切り」にしようとした。早くから内応していた穴山梅雪や木曾義昌《きそよしまさ》などを別として、名のある者は執拗に捜し出し、苛烈に処分した。

それに対し家康は、逃げまわる武田の遺臣たちを駿河や遠江《とおとうみ》国内に数多《あまた》匿ったのである。信長に知られれば、家康自身が不興を買いかねない危険な行為であり、温情とか慈悲心では説明し辛い。日頃から茂兵衛なども強く感じていたので、家康の心の奥底に潜む信長に対する反発、憎悪の表れと考えた方が自然だろう。

ただ、温情であれ信長への反発心であれ、家康のとった行動が結果として幸運をもたらした。信長に処刑される寸前で救われた岡部や依田らは深く恩義を感じ、甲斐や信濃の元同僚たちを「徳川様にお味方せよ」と説得して回るだろう。彼らが生存していること自体が、武田の旧臣たちに安心感を与え、徳川に走らせる強い動機となるはずだ。

現下の家康が、信長の仇討ちとか、織田家内部での跡目争いより、信長の死により権力の空白地帯と化した甲斐や信濃の簒奪《さんだつ》を狙っていることは確実だった。家康は、穴山衆や岡部ら武田の旧臣たちを前面に押し出すことで、宥和的に甲斐国衆《くにしゅう》たちへの浸透を図ろうとしていた。

伊賀越えから帰還した六月五日の午後。茂兵衛は、岡崎城内にある家康の居室へと呼び出された。この城には、三年前の信康《のぶやす》切腹以降、正式の城主は置かれていない。城代として西三河の旗頭《はたがしら》、石川数正が管理する支城の扱いとなっている。

「植田、おまんには苦労を掛けるなァ」

部屋に入り、平伏した頭の上から、早速家康が声をかけてきた。所謂《いわゆる》、猫撫で声というやつだ。昨日の柘植での待遇とは随分違う。

「左衛門尉《さえもんのじょう》（酒井）と話していてふと気づいたことじゃが、下山《しもやま》での勝千代殿の救出劇以来、甲州征伐、伊賀《いが》越え……おまんは、走りづめなのではねェか？　ちゃんと飯は食うとるのか？　体だけは大事にせェよ」

「ははッ」

また平伏した。

（おいおいおい……どうした？　ふと気づいただと？　今さらなにを優しい主人ぶっておられるんだら？　気味が悪いぞォ。またなんぞ酷《ひで》ェお役目を仰せつかるんじゃあるめェなァ。「光秀斬ってこい」とか言われたらどうすんだ？）

と、警戒しながら面《おもて》を上げた。同席している顔ぶれは、いつもの酒井忠次と石川数正——それにもう一人、会ったことのない中年の武士が座っている。やや不健康な印象の赤ら顔の男だ。

「次郎右衛門尉殿《じろうえもんのじよう》」

「はッ」

赤ら顔が平伏した。

（次郎右衛門尉？　だ、誰だら？）

「梅雪殿の討死は慙愧《ざんき》に堪えん。ワシを匪賊《ひぞく》の攻撃から守るため、囮《おとり》となって自ら戦われたそうな。貴公も武田衆、梅雪殿とはさぞや御昵懇《じっこん》であられたのであろうな？」

「や、特には……」

「あ、そう」

室内に白々しい空気が流れた。

（なるほどね。殿様はこの赤ら顔にええ顔をしたいんだ。三河守《みかわのかみ》は律義な正直者との評判を落としたくねェだけだら。だから俺にも優しい声をかけ、梅雪の死を悼んでみせてる。心にもねェことさ。柘植では俺の糞芝居がどうたらゆうとったが、ふん、ならあんたのは狸芝居だがや）

「植田！」

「ははッ」

慌てて平伏した。勢いがつきすぎ、額が板の間にゴンと衝突した。

「ワシは、信長公の御無念を晴らすことで頭がいっぱいじゃ」

家康の狸芝居はまだまだ続きそうだ。

「しかし、信長公の薨去《こうきょ》により、甲斐や信濃の平穏は乱されよう。あるいは、北《ほう》条《じょう》や上杉《うえすぎ》が食指を動かしてくるやも知れん。一揆が蔓延《はびこ》れば加賀《かが》や山城《やましろ》の二の舞となるのが心配じゃ」

加賀と山城の例を出したが、茂兵衛自身、十九年前の三河一向一揆に際しては、一揆側の足軽として家康と戦っている。

「そこでワシは、この岡部正綱殿を甲斐に遣わそうと思っておる。平和の使者としてな」

と、赤ら顔の武士を扇子《せんす》の先で指した。岡部正綱といえば、家康の幼馴染《おさななじみ》と聞く。駿府《すんぷ》での人質時代、家康は岡部家に親切にされたという。ちなみに、昨年の三月に高天神城を落とした際、彦左が槍をつけ、茂兵衛が殴り殺した城番——岡部元信《もとのぶ》はこの男の実弟だ。ま、乱世ではよくあることだが、さすがにちと気まずかった。

「岡部殿の本貫《ほんがん》は駿河じゃが、武田の重臣《おとな》として、甲斐には土地勘も人脈もあるでな。平和の使者としては願ったりの人材じゃ」

「岡部にござる。以降、お見知りおきのほどを」

赤ら顔の武士が愛想よく微笑《ほほえ》み、軽く会釈してきた。意外に爽やかな印象だ。

円満そうな男で安堵した。偏屈で陰鬱な「平和の使者」はいかんだろう。

「無論ワシは、領土簒奪などは微塵も考えておらん。一揆や北条勢から甲斐を守るためにのみ兵を出す。いずれは土地も領民も、織田家へと返還するつもりである」

ここでまた、白々しい空気が一座に流れた。狸芝居もそろそろ限界であろう。

「殿、岡部殿も植田も身内にござるぞ。両名とも、その辺りの事情はよう弁《わきま》えておりまする。水臭いですぞ」

酒井が薄ら笑いを浮かべ、からかうように家康を見た。

「なにを笑うか。気味の悪い奴だのう」

と、不快げに筆頭家老を牽制してから茂兵衛に向き直った。

「ええか植田。そういう気持ちでやれという意味じゃ。結果的に、甲斐や信濃は返さんでええことになるやも知れん。しかし、それは結果、結果である。今は領地への野心は忘れよ。おまんが寄騎するのは平和の使者である。そういう意味じや、分かるな？」

「はッ」

「植田には、鉄砲組を率いて岡部殿に合力《ごうりき》するよう申しつける」

「ははッ」

「岡部殿の寄騎として、おまんの鉄砲組の他にも、松平《まつだいら》善四郎の弓組と穴山衆をつける」

徳川家にとって、ここ数ヶ月の新参者に過ぎない駿河の一国衆の下に、徳川直参《じきさん》の足軽大将二名をつける——異例だ。これを見た武田の旧臣たちは、降将を外様《とざま》扱いしない家康の度量に感じ入るはずだ。甲斐信濃の調略を円滑に進めようとの家康の魂胆が透けて見える。

「三河守様」

岡部が言葉を挟んだ。

「甲斐衆の気持ちを慮《おもんぱか》るとの思し召しであれば、むしろ手前より曾根昌世殿を前面に押し立てた方が宜しいのではございますまいか？　手前は武田の臣下ではございましたが、元は今川《いまがわ》侍……駿河衆なぞと呼ばれ、言わば継子《ままこ》扱いされておりましたのが実状」

その点、曾根は信玄時代からの生え抜きである。信玄の近習《きんじゅ》として頭角を現し、足軽大将を長く務めた。信玄をして「昌世と昌幸《まさゆき》は我が両眼ぞ」と言わしめたほどの人物だ。勝頼を見捨てることなく、最後まで支え続けたところも甲斐衆からの人望を集めている由。

「ならば、岡部殿と曾根殿を、同格の二人大将ということに致そう。徳川には駿河も甲斐もない……有能さと忠節のみで、如何ほどにも重く用いられるとの象徴にしたい」

「御意ッ」

岡部が平伏した。

（マサヨは曾根殿としてもよ。マサユキとは誰だら？）

と、茂兵衛は首を傾《かし》げた。

「植田」

「ははッ」

またも急に呼ばれ、慌てて平伏した。

「穴山衆の指揮は有泉大学助に執《と》らせるつもりだが……奴は傷を負ったのか？」

「はい。右膝の上をざっくりと」

「なんだ足か……ならば、馬に乗れば大過ないな？」

「あの……はあ」

茂兵衛は困惑した。有泉は岡崎城で、本物の金瘡医《きんそうい》による治療を受けてはいる。しかし、昨日の今日で傷はまだ塞がっていない。この時代「縫合」という概念はまだ一般的ではなく、肉が自然に盛り上がるまで待たねばならなかったのだ。甲斐までの長旅、戦《いくさ》の指揮まではどうであろうか。

「妙な顔を致すな」

家康が不快そうに顔を背け、舌打ちした。

「あれは、主人が首を討たれたにも拘わらず、ただ一人おめおめと生きて帰りおった。ワシに対しても、穴山家中に対しても名誉を挽回したいと期しているはずじゃ。違うか？」

「はッ」

どうやら、有泉に対する家康の評価には厳しいものがあるらしい。ここでもし出征を拒否すると、家康は本気で有泉を冷遇しかねない。家康は、家臣に徹底した忠誠心を求める。なにしろ彼自身が、信長への忠誠の証として、妻子を死に追いやった程なのだから。

「有泉殿は、大丈夫かと思われます」

有泉が腹を切ろうとするのを止めたのは茂兵衛だ。独断で「行ける」と空手形を振り出してしまった。もし彼が、指揮を執れなくなる事態にでも陥れば、自分が手を貸す、乃至《ないし》は肩代わりをせねばなるまい。

「うん、そうか。そうであろう」

と、家康は満足そうに頷き、忠次に向け顎を杓《しゃく》った。

その後を酒井忠次が引き継ぎ、具体策が指示された。

甲州往還《こうしゅうおうかん》を北上、身延山麓《みのぶさんろく》にある穴山氏館《あなやましやかた》の一里半（約六キロ）ほど北に、城砦を築くよう命じられたのだ。

「城砦を？　穴山氏館とは別に？」

「そう。穴山氏館は平地にあり、護りが弱い。仔細は次郎右衛門尉殿（岡部）に託したが、富士川《ふじがわ》と甲州往還に睨みを利かせ、もし甲府《こうふ》で変事があれば、徳川勢の拠点として籠城にも耐えうる堅城とせよ」

完全に軍事拠点の構築であろう。家康は、力ずくで甲斐を獲りにきている。

「話は以上じゃ。疾《と》く駿河へと立ち戻り、軍勢を揃えよ」

と、家康が締め、さっさと席を立った。

「しばらく」

思わず、主人に声をかけた。

「なんじゃ」

家康は、立ったまま驚いたような目で茂兵衛を見下ろした。

「一つ、伺いとうございます」

「ゆうてみい」

茂兵衛は、頭の中で質問を慎重に組み立てた。今日の家康はあまり機嫌がよろしくない。苛ついているのとも違うが、いつもの倍もせっかちになっている印象である。伊賀越えで身も心も疲弊しているのは誰も同じだ。過不足なく適切な言葉で質《ただ》さねば、さらに気分を害されてしまうだろう。

「勝千代君と穴山衆に二心《ふたごころ》はございません。徳川に忠勤を励むと申しております。ただ、扱いというか、待遇というか……今後当家とは、いかなる関わり、または繫がりと相なりましょうか」

「それはな」

家康は、茂兵衛に数歩近づき顔を寄せ、声を潜めた。

「穴山の家も、領地も、甲斐源氏の名跡《みようせき》もすべてさし許す。ただし、有り体に申せば、ワシの家臣として生きる道を受け入れることじゃ」

「家来として？」

「そうじゃ」

「もし、それを受け入れねば？」

「潰す」

と、茂兵衛の顔の前に拳を持ってきてギュウと握った。とても怖い顔だ。

「二十二年前、今川義元《よしもと》は人質のワシに同じ選択を迫った。ワシは今川の侍大将として生き残る道を選ばざるを得なかった。しかし桶狭間《おけはざま》が運命を変えた。そして、その信長も、今はおらん」

そういってニヤリと笑った。

「な、なるほど。合点が参りましてございまする」

（ああ、おっかねェ。殿様、お顔が怖いがね）

家康は明らかに変わった。運命が彼を陽の当たる場所へと誘《いざな》い、家康は現在、凡庸な田舎大名から、非情な戦国大名へと覚醒しつつあるのだ。

「植田よ」

「はッ」

「あまり穴山に肩入れするな。所詮は長年仕えた主家を見限った家ぞ」

そう言い残して、家康は足音高く歩み去った。

平伏する茂兵衛の背を、一筋の冷たい汗が伝い落ちた。

二

「や、そこはまったく問題ござらん」

甲州往還の難所である大和峠《おおわとうげ》を目前にして、馬上の有泉大学助が小声で茂兵衛に囁《ささや》いた。

本日は六月九日である。

岡崎城で家康から甲斐侵攻の下命を受けたのは、わずか四日前のことだ。岡崎からここまで四十五里（約百八十キロ）ほどもある。岡崎から江尻《えじり》までは馬を乗り継いで急いだとはいえ、茂兵衛はこの数日、横になった記憶がない。有り体に言えば、本能寺《ほんのうじ》の変が起こった六月二日以来、ほとんど寝ていない。

梅雨《つゆ》空が戻り、朝から酷い雨だ。駿河と甲斐を結ぶ甲州往還を、兵を率いて北上している。

「元より我ら穴山衆は、国守《こくしゅ》武田家に仕えていた身。その主《あるじ》が、三河守様に替わっただけのことで、これは亡くなった大殿の御判断でもある。気にする者は誰もおりません」

「それを聞いて安堵しましたわ」

と、菅笠《すげがさ》の下から茂兵衛が応じた。

もし有泉たちが妙な名家意識を発揮し、徳川の家来となることを拒んだら一大事であった。甲斐と信濃を簒奪するにあたり、家康は硬軟織り交ぜた二つの方針を掲げている。一つは、岡部正綱や曾根昌世の名前と顔を前面に押し出すこと。もう一つは、穴山衆の武威の使用である。家康の戦略の一方の柱が、大きく揺るぎかねなかった。

今日の騎馬武者たちは、忍緒《しのびのお》を伸ばして兜《かぶと》を背中に吊り、頭には菅笠をかぶっていた。なにせこの雨と蒸し暑さである。兜の中が大いに蒸れるので、敵襲の可能性が低い安全な地域では、菅笠にしておいた方が快適だ。二人大将の岡部と曾根が隊列の先頭を進み、茂兵衛と善四郎、有泉が続いた。具足《ぐそく》の上から蓑《みの》を着け、馬を寄せ、五人であれこれと相談しながら行軍している。

——相談して。

岡部と曾根の大将格は、名目上のものだ。

家康は「新参者の武田の遺臣でも、徳川では重く用いられる」と甲斐衆に喧伝するために、あえて二人を頭《かしら》に据えた次第である。そのことは岡部と曾根にも認識があるから、彼らは大将然と振る舞うことなく、茂兵衛ら寄騎衆と合議しながら、柔軟に部隊指揮を執っていた。

「穴山衆が、徳川との主従関係さえ受け入れてくれれば、我が殿は、領地も甲斐源氏の名跡も、必ず安堵すると申された。のう次郎右衛門殿、それに相違ござらんな？」

「左様。拙者も確かにそう伺った」

茂兵衛の問いかけに、前を行く岡部正綱が振り向き頷いた。

「有難いことよ。家康公は寛大なお方じゃ」

有泉は家康に感謝して涙ぐんでいる。ただ今後の穴山衆は、家康から徹底的に酷使されるはずで、いつまでこの感謝の念が続くかは分からない。

今回の有泉は、怪我を押しての出陣となった。晒しで傷口を巻き固めて馬に乗っているが、その晒しには、すでにわずかながら血が滲んでいた。よほど痛みが酷いのか、時折、顔を顰《しか》めた。

茂兵衛が甲州往還を通って甲府へ向かうのは、天正《てんしょう》十年（一五八二）に入り、四ヶ月《よつき》の間にこれが三度目である。勝千代と見性院を救い出した二月、武田征伐時の三月、そして今回だ。

往還などと大層に呼ばれているが、この時代、地方道の状態は劣悪だった。泥濘《ぬかるみ》が酷く、車を使うことはできない。貴族が乗る牛車《ぎっしゃ》なども、使えるのは道が整備された畿内《きない》の一部だけで、田舎に出る時は、彼らも牛車から下り、馬か輿《こし》に乗って進んだ。

兵糧の運搬には、人足か駄馬を用いた。大八車《だいはちぐるま》が登場するのは、街道整備が進んだ江戸期以降である。

強い雨が降ると道の状態はさらに悪化し、騎馬の茂兵衛たちは兎も角、徒士《かち》や足軽、荷駄隊の役夫たちは、雨と泥と汗に塗《まみ》れ、喘ぎつつ歩《ほ》を進めるしかない。同じ距離を歩いても倍以上も体力を消耗する。朝には下卑た冗談を言い合いながら歩いていた陽気な足軽たちも、今は俯《うつむ》き加減で押し黙り、只々《ただただ》足を前に進めることだけに気持ちを集中させていた。

「えでェじゃじゃ降りだがね。兵たちがこう疲労困憊《ひろうこんぱい》では、いざ戦となったとき使い物にならんわ」

と、善四郎が零した。

現在地は、富士川西岸の楮根《かぞね》の辺りで、下山の穴山氏館まで五里（約二十キロ）はある。さらに難所の大和峠を目指して道は徐々に上っていた。

「おまん、おちょけるなッ！」

茂兵衛の鉄砲隊の列から怒声が起こった。見れば、鉄砲足軽同士が取っ組み合いを始めている。

（おいおいおい、鉄砲はどうしたよ？　まさか喧嘩にかまけて泥の中に放り出したんじゃあるめいなァ。もしそうだったらあの二人、ただじゃおかねェ）

と、配下の身より鉄砲の心配をしながら馬を駆った。なぜか善四郎と有泉もついてくる。来るなとも言えないが、自分の隊の規律の悪さを晒すのは嫌だった。

「こらァ、たァけ、どうした⁉」

苛ついて、つい声が居丈高になった。

「大丈夫、ただの喧嘩です」

先に駆けつけ、すでに二人を分けていた彦左が答えた。

彦左は一人で来ている。左馬之助は先頭に残し、辰蔵《たつぞう》も殿軍《しんがり》に配置しているのは立派だ。たかが足軽の喧嘩に慌てふためき、皆でワタワタと駆けつけた間抜けな物頭《ものがしら》三人組より、よほど冷静に振る舞っている。

泥をわざと撥ね上げた——そんな些細なことから喧嘩になったらしい。疲労が極まり、誰も彼も苛々しているのだ。ただ、可笑しかったのは、二人の鉄砲足軽は、己が鉄砲をそれぞれ朋輩《ほうばい》に預けた上で、取っ組み合いを始めたという。

（ハハハ、見上げたもんだら。鉄砲足軽の鑑《かがみ》だがね）

ただ、行軍中の規律を乱したのも事実で、けじめはつけねばならない。茂兵衛の経験上、こういう場合は連帯責任に限る。

「彦左」

「はッ」

「鉄砲隊、大和峠を上りきるまで、鬨《とき》を作る。止めるな」

隊列の中から、不満とも落胆ともとれるような声が湧き上がった。

峠越えと言っても三十丈（約九十メートル）ほど上るだけだ。大した距離ではないが、ずっと声を出し続けるのは辛い。喧嘩をした二人の所為《せい》で、多くの同僚足軽が迷惑を被《こうむ》ることになる。その多勢による不平不満が、次の喧嘩の抑止力となるのだ。但し、多用すると隊内での陰湿な虐《いじ》めを誘発しかねない。その場合は当事者を厳しく罰してやった方がいい。

「えい、えい、えい、えい」

武者押しの声が、雨の甲州往還に響き始めた頃、後方から五騎の騎馬武者が、鬨を作りながら行軍する風変わりな足軽の列をすり抜けて進んできた。

「お先に御免仕《つかまつ》る」

と、先頭を行く中年の鎧《よろい》武者が、菅笠の縁に手を添えて挨拶し、岡部と曾根を先頭に進む茂兵衛たちをも追い越そうとして馬を止めた。

「お、植田ではねェか！」

「あ、百助様」
三、四日前まで苦しい旅を共にしていた本多百助が、嬉しげに微笑んだ。
「甲府に先乗りされるのですか？」

「ま、そうじゃ。役目の内容は訊かんでおいてくれ。しょうもない役目でちと恥ずかしいでな」

「ハハハ、では伺いませぬ」

と、顔では笑ったが、内心では「恥ずかしい役目ってなんだら？」との疑問が湧き起こっていた。

「あ、そうじゃ。おまん、例の熊《くま》の胆《い》、持っとらんか？」

「はい、大事にここに持っております」

茂兵衛は己が股間を──正確には、股間を防御する正面の草摺《くさずり》を叩いた。ガサと板札《いたざね》が鳴った。別名「金玉隠し」とも呼ばれる草摺の裏側には、貴重品を忍ばせる小袋がついている。茂兵衛は出征時、必ずそこに熊の胆と幾何《いくばく》かの粒金《つぶがね》を入れることにしていた。

「済まんが熊の胆を少し分けてくれんか？　お役目のとき差し込みが酷くては御奉公にならんでな」

「ああ、でしたら丸ごと全部お持ち下され」

と、己が股間を──もとい、股間の前に垂らした草摺の裏を探って、熊の胆の塊を摑みだし、百助に手渡した。二寸（約六センチ）四方の扁平な濃い暗緑色の物体である。勿論、大きさは獲った熊による。大熊からは大きな熊の胆が、小熊からは小ぶりな熊の胆が獲れる。

「すまんなァ。遠慮のう借りていくわ」

そう言い残し、笑顔で目礼すると、百助は先に行ってしまった。

「百助様、存外お元気そうではないか」

傍らから善四郎が訊いてきた。

「差し込みの持病をお持ちだそうで……」

「差し込みもなにも、腹にでかい瘍《できもの》ができ、もう半年も一年も苦しんでおられると聞いたぞ」

「瘍が……ほうですか」

万病に効くと言われる熊の胆でも、悪性の瘍を治すとは聞いたことがない。

少し遅れてきた一騎が茂兵衛の側に馬を寄せてきた。菅笠の下を見れば――

「お、八兵衛《はちべえ》ではねェか」

「よお茂兵衛、生きとったか」

と、乙部《おとべ》が笑顔で軽口を叩いた。

乙部は、ある重要人物を護衛して甲府の岩窪館《いわくぼやかた》まで行くという。岩窪館は、甲斐の新領主である河尻秀隆《かわじりひでたか》の居城だ。

「重要人物って、まさか百助様か？」

「ほうだ。ま、詳しい話は穴山氏館でするわ。それにしても……どうしてこいつら、こんなところで関を作っとるんだら？」

「ま、色々とあるがね」

「お～い、乙部殿」

先頭を行く岡部と曾根が振り返って乙部に笑顔を見せ、手を振った。昵懇《じっこん》のようだ。岡部と曾根は信長から逃げて、隠遁生活を余儀なくされていた身だ。そんなとき、乙部や、或いは服部半蔵のような役目の者が、手助けをしていたとしても不思議はない。

（この悪党は、あちこちで繋がっとるからなァ。油断も隙もねェわ）

乙部は茂兵衛と善四郎に会釈した後、鐙《あぶみ》を蹴り、岡部らに駆け寄った。後ろから眺めていると、三人は顔を寄せて一言二言囁いた後、怪しげな笑顔で頷き合った。

（なんじゃ？　不気味な笑顔だら）

その後、乙部は本多百助を追って走り去った。

「本多様とは？」

隊列の先頭に戻ると、新参者の曾根昌世が善四郎に小声で質した。

「本多庄《しょう》左衛門《ざえもん》信俊《のぶとし》様……ま、拙者らは百助様と呼びまする。浜名城《はまなじょう》の城代を務める豪傑にござる」

善四郎が答えた。

茂兵衛は菅笠の縁をわずかに持ち上げ、もう一町（約百九メートル）近くも先に行ってしまった六人の騎馬武者の背中を眺めた。

(城持ちが、供回りも連れずに河尻の元へなにをしに? 恥ずかしい役目と言うとったが……しかも乙部絡みか。怪しいがね)

驟雨《しゅうう》の中へと、蓑《みの》を纏《まと》った騎馬武者たちの姿は吸い込まれていき、長い坂道を上る足軽たちの苦しげな掛け声だけが、周囲の山々に木霊《こだま》していた。

三

六月九日の夜、茂兵衛たちは下山の穴山氏館に入った。

有泉が機転を利かせて一騎先行し、幾つもの大釜で粥《かゆ》を炊《た》いて待っていてくれた。濡れそぼり、疲れ切った足軽たちは、立ったまま熱い粥をすすり、塩辛い漬物を齧《かじ》り、ようやく人心地がついた。

さして広くない穴山氏館である。二千人もの男たち全員分の寝床は提供できない。部屋に入り損ねた者たちは、雨を避けて床下に頭だけを突っ込み、体を丸め、まるで獣のようにして眠っている。朝になれば、簡単な小屋掛けぐらいはするのだろうが、今は只々眠りたかったようだ。

この館から一里半（約六キロ）北方で、富士川西岸の寺沢《てらさわ》に、新たな城を築くことになる。富士川と甲州往還を見下ろす断崖の上——東西一町半（約百六十四メートル）、南北に一町十九間（約百四十三メートル）——相当な規模の山城となりそうだ。

翌六月十日。穴山氏館の一室で、岡部と曾根を囲んで軍議がもたれた。茂兵衛、善四郎、有泉が顔を揃え、そこに岩窪館に本多百助を送り届けてきた乙部が合流した。

まず、乙部が家康の意向を披露した。

「殿は、今後、織田家内部では跡目争いが激化すると見ておられまする」

光秀、秀吉、勝家、さらには信長の倅《せがれ》である信雄と信孝をも含めた諸将は、畿内での覇権争いに躍起となり、甲斐や信濃になど構っておられなくなる、というのだ。

その隙に甲斐を、うまくすれば信濃をも手に入れるのが家康の狙いで、まずここが大前提である。

そのためには兵を甲斐に入れねばならぬが、甲斐の領主である河尻は岩窪館から動かない。旧武田領を与えられた他の織田家諸将は誰も、信長の死が伝わると我先に甲斐や信濃の領地を捨て、近畿に逃げ帰ったのだが、なぜか河尻だけは甲府に留まっている。

「邪魔臭いのう」

「厄介にござる」

「でも、奴一人がなぜ逃げん？」

「よほど、己が領地に執着があるのさ」

誰もが河尻の思惑を測りかねていた。

「義兄《あにじゃ》？」

「はい」

急に善四郎から話を振られ、茂兵衛は口に入れかけた干菓子《ひがし》を慌てて高坏《たかつき》に戻した。

「義兄は、河尻とは面識もあろう。奴の肚《はら》をどう読む」

「はて、さて……」

茂兵衛は困惑していた。河尻は故信忠の付家老である。一見した限り、君臣の紐帯《ちゅうたい》は極めて深いように感じられた。信忠が総大将として切り取った甲斐国を、若くして逝《い》った主人の置き土産《みやげ》のような甲斐国を、簡単に手放す気にはなれないのではあるまいか——とは感じていたのだが、この軍議の雰囲気では、その考えをそのまま口にすることは憚《はばか》られた。今や、徳川にとって河尻秀隆は、同盟国の重臣に非《あら》ず、有り体に言えば厄介者なのである。ただでさえ「織田寄り」「信忠に近い」と見られ、徳川家内で評判の悪い自分が、ここで河尻の忠義心に同情を寄せるような発言をするのはまずいだろう。

「逃げる機を逸したのでは？」

と、間抜けな返答をしたので座は一気に白けた。

「義兄、冗談を言ってる場合か？」

「そ、それがし、冗談などは……」

しどろもどろになった。

「や、なくもないぞ」

上座の岡部が、茂兵衛の肩を持ってくれた。

「信長が死んで、まだ八日かそこらじゃ。三河守様の動きが素早いだけで、周囲の凡百はまだ右往左往しとるだけじゃ。河尻も同じよ。上方の情報などを集めているうちに逃げ損なった。どうしてよいのか判断がつかず困り果てておるのではないかな？」

「されば、本多百助様が派遣されたのでございます」

下座から乙部が話を継いだ。

「本多様のお役目は、軍師というか軍監というか……河尻様の相談役のようなお立場で岩窪館に入られたのでございます」

「河尻がそれを求めたのか？」

曾根が質した。

「いえ。寡聞にして……」

「押しかけ軍師か……嫌われような ァ」

それはそうだ。頼まれもしないのに、他人の領地に「相談に乗ろう」と入りこめば盛大に嫌われる。しかも百助は、智謀泉の如き才人とは言い難い、槍と度胸でのし上がってきた荒武者だ。それが隣国の軍師に——違和感を覚える。

「本多様の存在を不快に思った河尻が、もし本多様に無礼な態度でも取れば、それを理由として兵を甲斐に入れることもできましょう」

「無礼だから兵を入れる？　ちと無理はないか？」

「無礼にも色々とございましょうから」

眉一つ動かさず、乙部は平然と言い放った。一座を沈黙が支配した。誰の頭の中にも、恐ろしい着想が浮かんだようだ。

「それは……殿の思し召しか？」

「いえいえ、拙者の勝手な想像にございまする」

と、乙部が曾根に答え、平伏した。

「ただ、河尻も馬鹿ではあるまい。そうそう徳川の重臣に無礼を働くかな？」

岡部が、乙部に質した。

「そこは岡部様と曾根様に、外から薪《まき》をくべていただきます」

「みどもたちが、薪を？」

「岡部様には、曾根様との連名で、武田の旧臣方への安堵状を発行していただきます」

「あ、安堵状をワシがか？　そのような権限はワシらにはない」

岡部が慌てて否認した。安堵状とは、つまり領地の所有権を公認する公文書であり、その発給は、幕府や国守、地頭《じとう》に与えられた権限であるはずだ。

「さればこそ、甲斐の領主である河尻には、耐え難い侮辱と映る。本多様に無礼を働く動機ともなりましょう」

その上で、百助が河尻を挑発し煽るのだ。

「どのように煽る？」

「これは左衛門尉（酒井忠次）様の発案にございまするが、本多様は河尻に『相

「相談に乗ろう』とのみ言っておけばよいのでは、と」

信長は勿論、その家臣たちにとっても、今まで三河衆などは取るに足らぬ存在であったろう。よく吠える優秀な番犬程度に思っていたのかも知れない。その番犬の中でもさほどに知られていない城代程度の荒武者が大きな顔をして「相談に乗ろう」と言って己が居城に居座ったら――

「ま、河尻が敏《さと》い男なら時勢を読み、百助殿に無礼など働かず、畿内へと逃げるだろう。案ずるより産むが易しさ」

と、岡部がボソリと呟いた。

（酷ェ話だわ。百助様は死病を患っておられる。きっと最後の御奉公のつもりで、岩窪館に……死にに行ったんだら）

乙部は「無礼」との言葉を使ったが、究極の無礼は「殺す」ことであろう。百助を河尻が殺せば、本当に徳川が甲斐に兵を入れる口実となる。

（ただよォ。河尻は敏い。百助様を殺すような馬鹿ではねェはずだら）

と、茂兵衛はこの場ではそう読んだのだが、その後の推移を見れば、河尻は

「敏い男ではなかった」ようだ。

軍議の五日後、百助に寄騎として付き従っていた服部半蔵が逃げ帰り、百助の遭難を告げた。半蔵は八兵衛らの一行とは別で、百助を追って岩窪館に入っていたらしい。

無礼な百助の態度、十二日以降の岡部と曾根の連名による甲斐国内への安堵状の発給——

「その二点をもって河尻の奴、徳川は甲斐を狙っておると決めつけたらしいわ」

と、半蔵が吐き捨てるように言った。

そして運命の六月十四日。ついに河尻は百助を取り囲み、あっけなく刺し殺してしまったという。

半蔵の報告を受け、早速、徳川方は二つの動きを開始した。

まず岡部と曾根の連名で「徳川の重臣が河尻秀隆に討たれた」との報せを甲斐全土の国衆たちに発信したのである。てきぱきと実務を担当したのは勿論、半蔵と乙部だ。軍勢を連れずにいる同盟国の重臣を謀殺する——これは確かに非道である。

一方、河尻が乱心したとしか思えない。茂兵衛と善四郎、有泉は兵を率いて穴山氏館の防備強化に取り掛かった。もうこの上は、いつ河尻勢が押し寄せてきても不思議はない。穴山氏館は、平地に立っており、城とは呼べないほど防御力は弱い。しかし、河尻勢は精々三千人がいいところである。環濠《からぼり》を深くし、掘り出した土をかき上げて土塁を高くし、鉄砲隊と弓隊を配置すれば、十日やそこらは持つだろう。まさか河尻も、岩窪館から七里(約二十八キロ)も離れたここ下山に、虎の子の三千人を張り付けておくわけにもいくまい。そんなことをすれば武田の遺臣たちがこれ幸いと各地で一揆を起こすに違いない。

そして、ついに河尻勢が穴山氏館に押し寄せることはなかったのである。

百助が討たれた六月十四日。家康はようやく岡崎城を発《た》ち、光秀討伐の軍を西へと進めた。五日に伊賀越えから生還して以来、雨続きだったのは事実だが「それで出陣が遅れた」というのは言い訳に過ぎない。その間、甲斐や信濃への侵攻準備は、風雨に左右されることなく、着々と進められていたのだから。

十四日夜。西へ六里(約二十四キロ)を行軍して逗留した尾張鳴海《おわりなるみ》の宿に、秀吉の使者がやって来て「十三日、山崎《やまざき》で光秀を討った」と伝えた。

「山崎とは、あの山城《やましろ》の山崎か?」

「御意ッ」

「羽柴殿は、現場で采配を振られたのか？」

「御意ッ」

「でも、少しおかしくはないか？　本能寺の変は六月二日。羽柴殿は備中高松《びっちゅうたかまつ》に布陣しておいでと聞いたが？」

「翌日には毛利《もうり》方と和睦して兵を退き、十日で畿内に戻りましてございまする」

「十日で、高松から？」

「御意ッ」

「あ、そう……」

しばらく家康は天を仰いでいたという。

翌朝、家康は陣を払い三河へ戻った。わずか行程一日の不毛な「仇討ちのための出撃」ではあったが、秀吉と家康の他に事実上の討伐軍を動かした者はおらず、この行動は、飯森山麓《いいもりさんろく》で信長の訃報を聞いた折の「知恩院《ちおんいん》で腹を切る」の芝居とも相まって、後々家康の発言権を大きくしていくことになる。

狸芝居も、決して無駄骨でなかったのだ。

同じ六月十五日。乙部が甲斐の国衆たちを扇動し、河尻に対する大規模な一揆を起こさせることに成功した。勿論、百助の非業の死がきっかけとはなったのだが、信長の甲斐占領後の仕置き自体がちと厳し過ぎたのだ。武田旧臣への追及も苛烈に過ぎた。結果、新たな甲斐の領主である河尻に恨みが集中——それが一揆を生む土壌となっていた。

三日後の六月十八日。河尻秀隆が旧武田家家臣、三井弥一郎《みついやいちろう》らの襲撃を受け岩窪館内で討死した。ここは重要だ。あくまでも「河尻は一揆に殺された」のであって、決して徳川が織田側の領主を倒したのではない、というところだ。

いずれにせよ、河尻の死によって甲斐国内は一気に流動化した。完全なる力の空白地帯が生まれたことになる。

武田の旧臣たちも、現状では浅間山《あさまやま》噴火への対応や、武田家崩壊による無力感の蔓延、河尻の追及からの逃避と潜伏——等々で、戦の態勢を整えることなどできる状態ではなかった。

「つまり甲斐は、目下切り取り放題。早い者勝ちの土地柄となった……そう考えてもええですな?」

穴山氏館の一室で、松平善四郎が声を張った。岡部に曾根の両大将を囲んで、善四郎に茂兵衛、有泉らの物頭級が、また半蔵の代理として乙部八兵衛が集《つど》い、軍議を開催中である。

「善四郎殿、情勢はそう単純ではない。甲斐を狙う者は東にもおるのじゃ」

岡部が善四郎の楽観論を戒《いさ》めた。

北条氏政《うじまさ》の実弟氏邦《うじくに》が、秩父《ちちぶ》を経て甲府北東の雁坂峠《かりさかとうげ》に布陣。同じく実弟の氏忠《うじただ》が甲府南東の御坂峠《みさかとうげ》に陣を敷いた。甲斐侵攻の機会を窺っているのは間違いない。

後北条四代目当主の北条氏政は、言わば「手数の多い武将」である。軍事的にも政治的にもマメによく働くが、さほどに切れ味は鋭くない。乾坤一擲《けんこんいってき》の巧手・妙手とは無縁な武将だ。ただ今回の氏政は頑張った。武田の遺臣たちを扇動し、織田や徳川の支配に抗う一揆を、幾つか起こさせるのに成功していたのだ。

その一つに大村《おおむら》党があった。

武田時代、甲府の北東、秩父往還雁坂口の守りは、中牧城《なかまきじよう》と大野砦《おおのとりで》の主である有力国衆の大村党に任されていた。河尻は大村党の領地を安堵しなかったし、武田旧臣として厳しく追及したので、彼らは織田家の支配に不満を募らせていた。

十八日の河尻の死を受け、大村三右衛門尉《みつえもんのじょう》忠尭《ただたか》と大村伊賀守《いがのかみ》忠友《ただとも》の父子が一揆を起こした。河尻勢の四散により無主となった中牧城、大野砦を奪還し、織田徳川支配に対抗する姿勢を示したのだ。

「勿論、彼らの背後には氏政がおる。武田と河尻、相次いで主を亡くした甲斐国は、徳川と北条、いずれに転ぶべきか様子を見ておろうよ」

と、岡部が武田の旧臣たちの心情を分析してみせた。

ただ、徳川の本隊も北条勢も、まだ甲斐に兵を入れてはいない。河尻は死に、その手勢は四散した。甲斐国内における唯一の千人規模の統制の取れた軍勢と言えば――岡部と曾根が率いる部隊だけなのだ。

有泉率いる穴山衆が長柄の槍隊を中心に千五百、善四郎の弓隊が百、茂兵衛の鉄砲隊が百、そこに岡部と曾根の手勢が三百ほど――都合二千人にはなる。

「もし、河尻の死を知った北条勢が雁坂口から侵入を開始したらどうなる。大村親子と合流し、中牧城と大野砦《ほ》を押さえられると由々しきことになるぞ」

血相を変えて松平善四郎が吼えた。正論であった。甲斐国内に、北条の有力拠点を与えてしまうことになり、徳川による挽回は大事《おおごと》になる。

「寺沢の新城の普請《ふしん》を後回しにしても、中牧城と大野砦を我らの手で押さえるべきだ」

善四郎は、あくまでも突出論を譲らなかった。

「善四郎殿、織田領である甲府盆地を、我々徳川勢が縦断するのか？　政治的に後々問題となりかねん」

と、曾根は慎重だ。

「織田側の領主である河尻が一揆に殺された。我ら徳川は、織田家の同盟者として一揆の鎮圧に向かうのだ。それなら大義名分が立とう」

と、茂兵衛は善四郎の意見に与《くみ》した。

「ただ、そもそも一揆を起こさせておるのは、我らでないか」

曾根が、乙部を見て顔を顰めた。

「そう申されては……ま、身も蓋もございませぬな」

と、乙部がおどけてみせ、皆は吹き出した。

曾根が慎重であるのにはわけがあった。中牧城と大野砦に籠る大村党は旧武田衆だ。そこを攻めると、徳川の先鋒の主力となるのは穴山衆で、旧武田勢同士の戦いとなってしまう。戦国の倣《なら》いとはいえ惨《むご》い話で、武田の武将であった曾根としては忍びなかったのだろう。

「曾根殿がもし、我らの気持ちを慮って頂いておられるのなら無用なこと……」

最前から押し黙っていた有泉大学助が、意を決したように発言した。

「我らは徳川に賭けたのでござる。徳川に仇なす相手とあらば、親兄弟とでも戦いましょう」

この有泉の一言で衆議は一決した。

雁坂峠から中牧城までは四里半（約十八キロ）の下り坂だ。対して、穴山氏館から中牧城までは十一里（約四十四キロ）、大野砦まででも九里（約三十六キロ）ある。動くなら早い方がいい。岡部曾根隊は、河尻の死を聞いた十八日の夕方には下山を発った。

四

十八日夜、亥《い》の上刻（午後九時頃）には、すでに岡部曾根隊は大野砦を臨む重《おも》川《がわ》を渡河《とか》していた。月の出は戌《いぬ》の下刻（午後八時頃）だ。所謂「居待月《いまちづき》」で、大きな明るい月が、山の端をすでに離れていた。夜戦《よいくさ》には持ってこいだ。

大野砦は、平野の中に環濠を掘り、土塁の上に柵を立てただけの簡素な平城であった。

「休むまでもない。このまま平押しで落とそう」

　と、意気込んで包囲したのだが、砦内は静まっている。

「風がねェな……汗が止まらんがや」

　誰かが愚痴を呟く声が聞こえた。

　旧暦の天正十年六月十八日は、新暦では七月七日に当たる。本日は一日好天に恵まれたが、木々や土壌には梅雨時の湿気がたっぷりと溜め込まれており、異様に蒸し暑い。

　しばらく待ったが、城内に動きはない。

「いかがする？」

「岡部殿、それがしが一当てしてみまする。この場はお任せいただきたい」

　茂兵衛が、岡部に許諾を求め、岡部はこれを認めた。

「辰蔵」

「はッ」

「槍足軽十名連れて大手門へ接近、砦内を物見せよ」

「承知」

辰蔵が月光を背に受けて、機敏に走り去った。

「鉄砲隊、各自発砲準備を整え、大手門上の矢倉に照準せよ」

辰蔵が大手門に近づく。城兵が、寄せ手を十分に近づけておいて一斉に撃ちかかる策なら、敵が矢倉上に姿を見せた途端に、五十挺《ちょう》の一斉掃射を浴びせてくれる。城兵たちは竹束《たけたば》の陰から顔を出せなくなり、その間に辰蔵たちは逃げ戻ればいい。

「よう狙えよ。火縄の火は大丈夫か？」

各小頭《こがしら》たちが、配下の鉄砲足軽に注意を促す囁き声が伝わってきた。緊張が高まってくる。

ところが、辰蔵たちは抵抗を受けることなく大手門に取りつき、柵を上り、そのまま砦内へと姿を消した。

「お、入っちまった。誰もおらんのか？」

茂兵衛の傍らで彦左が呟いた。

ややあって、辰蔵が大手門上の矢倉に姿を現して「誰もおらん。砦は蛻《もぬけ》の殻にござる」と月に照らされながら手を振った。

——気が抜けた。

結局、大野砦の大村党は、平城での抵抗を諦め、昼の内に中牧城へと逃げ去っていたようだ。このまま追撃すべしとの強硬意見も出はしたが、昼間、暑い中、九里（約三十六キロ）も行軍してきたのだ。それに中牧城までは、ここからさらに二里半（約十キロ）もある。兵の疲労を勘案せねばなるまい。

岡部と曾根を中心に話し合って、今夜はこの大野砦で眠ることになった。

翌朝、岡部曾根隊はまだ暗いうちに大野砦を発った。

御坂峠の北条氏忠を牽制するため、三十名ほどの穴山衆を残した。ある限りの旗指物《はたさしもの》を掲げ、竈《かまど》の煙を幾筋も上げさせた。もし氏忠が砦が空であることを見破り、御坂峠から押し出してくれれば万事休すだ。そうなったら、下山まで逃げ帰るしかない。

乙部が、御坂峠への物見を抜かりなく配置した。

岡部曾根の本隊は、夜が明ける寅《とら》の下刻（午前四時頃）までに、中牧城を完全に包囲していた。天候は曇天《どんてん》。降るにせよ、晴れるにせよ、蒸し暑さとの戦いになるのは間違いない。城兵側にも攻城側にも、辛く、暑く、長い一日となりそうだ。

中牧城は、築城以前にあった寺の名にちなみ、浄古寺城《じょうこじじょう》とも呼ばれる。南下する笛吹川《ふえふきがわ》と東進する鼓川《つつみがわ》が出合う辺り、なだらかな丘陵の南端に立っていた。

櫓は眺望に優れ、雁坂峠から下る秩父往還と柳沢峠《やなぎさわとうげ》を経る青梅街道《おうめかいどう》に対して睨みを利かせていた。つまり武田当時の中牧城は、北条勢による武蔵国《むさしのくに》からの侵入に備える要塞だったわけだ。対北条防衛の最前線で指揮を執っていた大村党が、逸早《いち》く北条側に立ったところに、国衆の身の処し方の機敏さ、非情さを見る思いがする。

物見によれば、城の北西へ半里（約二キロ）ほど行った場所に、大村党が暮らす屋敷が別途あるらしい。つまりこの城は、純軍事的な施設だということだ。比高が五丈（約十五メートル）ほどしかない小規模な平山城ではあるが、武田式築城術を駆使し、切岸《きりぎし》で丘を削って崖《がけ》となし、丘の連なりには堀切《ほりきり》を穿《うが》って侵入を阻止していた。それなりの防御力はありそうだ。

城攻めを前に、岡部と曾根を囲んで簡単な軍議となった。

岡部は武田の重臣だったが、本貫も領地も駿河で、甲斐国内の事情には疎い。そこで甲斐で生まれ育ち、大村党の事情にも通じる曾根と有泉の知識に頼るところが大きかった。

「城兵の数はいかほどでござろうか？」

「大村党の身の程は……左様、千貫を切る程度かのう」

「百五十人といったところか？」

当然、領地と率いる兵の数には相関がある。

実例として、北条麾下《きか》の武士は、およそ八貫当たり一人の軍役を負った。知行二百八十貫余の武士が、三十数名の軍役を命じられた古文書が残っている。

これが大名級になると、一万石当たり二百五十人となる。つまり、五千貫で二百五十人だから二十貫当たり一人——八貫で一人より随分と楽なようだが、身代《しんだい》が大きくなれば治山治水や築城などで出費が嵩むから、これは仕方がない。

もし大村忠堯が本当に千貫の知行取りなら、百五十人程が中牧城に籠っていると算盤《そろばん》を弾いた次第だ。

「武田の浪人たちに声をかけたとしても、二百から三百が精々。大した数ではあるまい」

対するこちらは二千人だ。弓鉄砲も備えている。

昨日、大村党が大野砦を戦わずして放棄した理由はこれだろう。少ない人数をさらに分散したくなかったのだ。北条の後詰めを受け、反織田徳川の旗を掲げてはみたものの、武田の旧臣たちは、思ったほどには集まらなかったのではあるまいか。

武田の旧臣たちには、高飛車な織田家や旧態依然とした北条家よりも、徳川家が結構な人気を集めていた。本質は兎《と》も角《かく》、表面上の家康は、律義者であまり酷いことはせず、弓取りとしては一級品――武田勢に限らず、人を強く引き寄せる所以《ゆえん》である。

「どうせ与《くみ》するなら、三河守様の方がええずら。人柄がよさそうじゃ」――のような声が多かったのではあるまいか。

乙部が前日から、各方面に放っていた物見や乱破《らっぱ》が戻ってきて、次々に報告した。雁坂峠の北条氏邦も、御坂峠に陣を敷く北条氏忠にも、目立った動きはないという。

「北条殿……噂に違《たが》わず動きが鈍いがね」

と、善四郎は冷笑するが、北条方は万に近い大軍だ。もし国境の二つの峠から押し出してこられると、こちらとしては中牧城攻めどころではなくなる。下手をすると皆殺しの目に遭う。

「優勢な北条勢が布陣しておるからには、中牧城を攻めるのは今日一日に限る。今日落とせなんだら、下山へ帰るしかあるまいよ」

「平山城に城兵が二、三百か……こちらは二千人。弓鉄砲も十分に備えてござる。やろまいか」

善四郎はいつも強気だ。

「乙部殿、雁坂峠、御坂峠への物見だけは手抜かりなく頼む」

「心得申した」

もし北条が動けば、当然、逃げる。

「では、北条が動かぬうちに、早速中牧城を落としましょうぞ」

「おう」

と、皆が強く頷いたところで、決まりの悪そうな顔をした有泉がオズオズと手を挙げた。

「一旦開戦となれば、我ら穴山衆、死の覚悟をもって中牧城の土塁に取りつきまするが……その前に一度だけ、拙者に機会をお与え下さいませぬか」

「機会？　なんの機会にござるか？」

善四郎が語気荒く質した。

「城将の大村忠堯殿とは拙者昵懇の仲。降伏開城を勧めまする」

「武田家への情は捨てたというようなお話だったが？」

善四郎は執拗だ。総攻撃に水を差すような有泉に腹を立てている。

「武田家への情ではない。無益な戦を諫《いさ》めるのは人の道にござる」

有泉が、若い足軽大将に憤然として反論した。

「まあまあ、ご両者とも、穏やかに、穏やかに」

元武田の曾根が介入して善四郎を宥《なだ》め、有泉に一度だけ「機会を与える」ことになった。

早朝の薄闇の中、有泉は単身、右足を引きずりながら大手門の前へ向けて歩き始めた。

「彦左！」

茂兵衛が筆頭寄騎を呼んだ。

「はッ」

「斉射準備せよ」

「承知！　鉄砲隊、斉射準備！」

彦左が叫ぶと、各小頭たちが復唱した。中牧城の大手門の正面に、五十挺の鉄砲隊が二列横隊で並んだ。早合《はやごう》を使って火薬と鉛弾を込め、槊杖《さくじょう》で突き固める。和平の使者と鉄砲の準備が同時進行——相反するようにも見えるが、和戦両様の気迫を見せねば、敵の譲歩など引き出せるものではない。互いに武器を構える中で交渉するのが本物の軍使だ。

有泉は、大手門のすぐ下に着き、矢倉を見上げた。

「故穴山梅雪が一子、穴山勝千代の家臣、有泉大学助にござる。大村三右衛門尉殿か伊賀守殿と話がしたい」

「しばし待たれよ」

と、大手門の矢倉の上から若い声が返ってきた。

さほどに広くない城である。二十も呼吸せぬうちに——

「懐かしや大学助殿、三右衛門はここにおりまするぞ」

城将である大村忠堯が大手門上の矢倉に姿を現した。

まだ暗くて敵将の顔までは見えないが、兜の前立《まえだて》は三鍬形《みつくわがた》のようだ。鍬形の中央に剣を置く三鍬形の前立は、今でも戦場で時折見かける。徳川勢の中では酒井忠次の兜がそうだ。古風な印象だが、違和感まではない。

「のう、三右衛門尉殿」

有泉が大村忠堯に語りかけた。

「我ら武田の禄《ろく》を食《は》んだ朋輩《ほうばい》同士じゃ。否々、我らばかりではないぞ。足軽雑兵の端の端まで、穴山衆と大村党は幾度も辛い戦場をともに戦った仲ではないか、のう、三右衛門尉殿？」

「その通り。今も忘れん。川中島《かわなかじま》でも、長篠《ながしの》でも、共に戦ったなァ」

と、答えた大村も涙声になっている。その場にいる誰もが胸を打たれた。

思うに、この手の説得には、誠実で控え目な有泉は適任なのだろう。噛《か》んで含めるように、穏やかに諭す声には、真摯に城兵の身を案じる赤心が感じられた。

「武田の遺臣同士、戦うのは本意でない。徳川様は寛大なお方じゃ。悪《あ》しゅうはせぬ故、城門を開き降伏されよ」

と、熱心にかき口説いた。

「そうしたいのは山々じゃが、我らにも色々と意地や義理がござる。簡単に城を明け渡すわけにはいかん。大学助殿、ここは互いに死力を尽くし、徳川の衆、北条の衆に武田武士の戦ぶりを見てもらおうではないか！」

「火鋏《ひばさみ》を上げい」

大村忠堯の返答を聞いて、茂兵衛は彦左に命じた。城将の覚悟の程は明らかだ。この場は、血が流れねば収まるまい。

「火鋏を上げい」

彦左が命じ、小頭たちが復唱する。

カチ、カチ。カチ、カチ、カチ。

重さ六匁《もんめ》（約二十三グラム）の鉛弾で、人体を破壊する凶悪の武器が、半町（約五十五メートル）先の城門と矢倉に狙点《そてん》を定めた。

「三右衛門尉殿、ご趣旨はよく分かった。もうこの上はなにも申さん。正々堂々互いに悔いなく戦おうぞ」

「大学助殿、御厚情は忘れぬ。かたじけない」

「鉄砲隊、火蓋を切れ」

交渉は決裂だ。有泉が自軍に戻るのを待ち、後は真正面から殺し合うのみ。

静寂の戦場に、鉄砲足軽たちが火蓋を指で前に押し出す乾いた音が「カチカチカチ」と響いたその時、周囲の森で朝を感じた蟬《せみ》たちが一斉に鳴きはじめた。

ワ————ン。

「第一列、放て！」

ダンダンダンダンダンダン、ダンダン。

鳴きかけた蟬たちが驚いて鳴き止み、鉄砲隊は硝煙《しょうえん》に包まれた。煙が肌に触れてチクチクと痛む。半町（約五十五メートル）離れていても、「バシ、バシ」と銃弾が竹束に食い込む音が聞こえてくる。茂兵衛も経験があるが、竹束の陰に潜んでいる敵兵は、さぞや肝を潰していることだろう。竹束は矢や銃弾をよく防ぐが、敵弾が当たる音が物凄く、兵の士気を挫《くじ》くこと夥《おびただ》しい。

「第二列、放て！」

ダンダンダンダン、ダダン。

茂兵衛の鉄砲隊に撃ちすくめられ、城兵たちは竹束の陰から顔も出せない。

「城兵は、大手門に四、五十人も詰めておる。他の柵は手薄になっているはずじゃ。横に回れ。搦め手《からめて》に回れ。人のおらん所を見つけて環濠を越えよ、土塁に取り付け！」

有泉は吹っ切れたようだ。足の怪我は完治しておらず、徒士にはなれない。大身槍《おおみやり》を抱え、騎馬で穴山衆を叱咤激励している。本来、馬に乗って攻城戦の指揮を執るなど心得違いなのだが、ま、事情が事情なので仕方がない。

茂兵衛は、辰蔵と左馬之助を呼んで策を授けた。

「辰蔵は槍足軽二十を率い、柵の手薄な所を探して侵入せよ」

「承知」

「左馬之助には鉄砲足軽十人を任せる。辰蔵の侵入を援護せよ」

辰蔵隊が土塁を上りかかると、城兵は柵の中から鉄砲を撃ちかけたり、槍で突いて環濠の底へ落とそうとするだろう。その時はどうしても土塁の陰から身を乗り出すことになるから、左馬之助の鉄砲足軽に狙い撃ちさせようという策だ。

「頼みまするぞ」

辰蔵が左馬之助に注文をつけた。「空濠の底で立ち往生は御免じゃ」

「ふん。やるだけのことはやるわい！」

左馬之助が負けずにやり返す。

（たァけ……喧嘩するなら敵とやれ）

と、茂兵衛は心中で苦虫を嚙みつぶした。

「疾く行け！　本丸で会おう」

「ははッ」

辰蔵と左馬之助が総計三十数名の足軽隊を率いて駆け出した。

# 五

目の端に騎馬武者が一騎、秩父往還を駆け下ってくるのが映った。目立つ緋色《ひいろ》の甲冑《かっちゅう》を着けている。

（ん、なんだら？）

茂兵衛は、指揮を執るのも忘れ、騎馬武者がこちらへ来るのを注視した。

（おいおいおい、まさか、北条氏邦が動いたんじゃあるめェなァ）

もし北条勢が峠から下りてくるなら、中牧城など攻めている場合ではない。早く下山へ逃げ帰り、籠城の準備をせねばならない。

しかし、中牧城の包囲を解き、退き始めると、城兵たちが退却する岡部曾根隊の尻に嚙みついてくるだろう。甚大な被害を出すことになる。

悪いことに、中牧城と大野砦への攻撃は、家康からの指示を受けていない。北条が国境に布陣したからには指示を仰ぐ暇はなかったのだ。つまり、現場の判断でやっていることで、下手をすると、茂兵衛をも含む指揮官たちの無謀な独断専行との誹《そし》りを受けかねない。

（北条は怖いが、ここまで来たからには肚を括って腰を据えるのも手だら。目の前の中牧城を獲っちまうんだ。どうせ籠城するなら、穴山氏館よりは中牧城の方が堅そうだ）

平地に立つ穴山氏館は、国衆の住居に過ぎず籠城には向かない。寺沢に新城を築こうと家康に思わせた所以である。ま、中牧城を落とすにせよ、逃げだすにせよ、決断も行動も早い方がいい。

ダンダンダン、ダン。

左馬之助が率いる鉄砲隊が発砲し、その直後、辰蔵の槍足軽隊が土塁を上り始めた。城兵も土塁の上から槍を突き出して応戦するが、安易に身を晒した者は、鉄砲隊の好餌《こうじ》となって撃ち倒されていた。

今や、辰蔵と左馬之助が取り付いた辺りが、最も熱い激戦地となっている。

環濠の下と上で、左馬之助と辰蔵が怒鳴り合っている。「早う上れ」「ちゃんと援護せい」などと言い争っている様子だ。

（おいおいおい、仲良くやってくれよォ）

一瞬、二人を組ませたのは「失敗だった」との後悔が脳裏を過《よぎ》ったが、ま、友軍同士が怒鳴り合うのは戦場の日常だ。

（それだけ、二人とも真剣に取り組んでるってこったァ）

一切気にしないことにしたのだが——

「この、ドたァけがァ！」

「おまんこそ、たァけだがや！」

と、二人の寄騎の怒鳴り合う声が聞こえてきた。

（き、気にしない。気にしない）

数の少ない城兵側は、激戦地に人員を集中させざるを得ない。自然と辰蔵たちが戦っている柵の両側は人影が疎《まば》らだ。

「おい彦左！　俺ァ鉄砲足軽十、槍足軽十人引き連れて、あそこの柵に取り付いてみる」

と、彼方に顎を杓った。

「残りはおまんに任す。やりくりして大手門を落とせ」

「それはええですが、お頭？」

「ん？」

「あまり無理はなさらないで下され。もうお年なのですから」

「たァけ。俺ァまだ三十六だがや」

「や、だから三十六でしょ！」

少しだけ、認識にズレがあるようだ。

「うるせェ。それより本多主水《もんど》の槍組を貸せ。鉄砲隊は、小栗金吾《おぐりきんご》の組を連れていくぞ、ええか？」

本多主水と小栗金吾は、数多《あまた》いる優秀な部下たちの中で、茂兵衛が最も期待を寄せている足軽小頭だ。北条氏邦が押し出してくる可能性があるなら、時間との勝負になる。茂兵衛は、多少無理をしても城内に押し入るつもりだ。そのためには、使える小頭を率いたかった。

「委細承知！」

彦左が大きく頷いた。

「本多主水の組、小栗金吾の組、俺と一緒に来い」

と、二十人を率いて走り出した。

辰蔵たちが激戦を繰り広げている十間（約十八メートル）手前、城内に人の気配がしない辺りで茂兵衛は足を止めた。

「小栗、ええか。これから俺と槍組が突っ込む。土塁上に敵が面ァ出したら、すかさず撃ちすくめろ。ただ、俺らに当てるなよ。いつ撃ち、いつ撃たねェかはおまんの判断に任せる」

「承知ッ」

この小頭は、小太りで頰が赤い。童顔だが小栗金吾はもう二十代半ばのはずだ。鉄砲隊の指揮も巧いが、射手としても腕がいい。飛ぶ鳥を一発の鉛弾で撃ち落とす数少ない鉄砲遣いだ。

「俺らが城内に入っても後は追うな。左馬之助の指揮下に入れ。ええか？」

鉄砲と鉄砲足軽は補充のきかない貴重な存在だ。乱戦に巻き込んで安易に失いたくはない。

「主水、行くぞ！　ついてこい！」

「はッ」

十人の槍足軽と小頭一人、己が従者の富士之介《ふじのすけ》と三十郎《さんじゅうろう》を率いて環濠の底へと駆け下った。

普通、環濠には、逆茂木《さかもぎ》なり乱杭《らんぐい》なりが設《しつら》えてあるはずだが、中牧城のそれには見当たらなかった。なにせ河尻が討たれたのは昨日のことだ。決起した大村党も籠城の準備に間がなかったのだろう。兵糧を運び込むのに手一杯だったのではあるまいか。

ちなみに逆茂木は、別名鹿砦《ろくさい》とも呼ばれる。鹿の角のように枝の混んだ木々を選び、環濠の底などに横たえる。枝々が絡まるので、乗り越え難い。絶対的な防壁とはなり得ないが、木を切って並べるだけの安価な防壁として、古来より城砦防御の要とされてきた。乱杭は、もう少し手間がかかり、丸太や竹の両端を削って鋭く尖らせ、その一端を土に埋めこんで固定する。別の一端は敵が侵入してくる方向に向けておく。数多並べると、巨大な剣山のように見える。

ダンダン、ダンダン。

すぐ頭の上で発砲音がして、茂兵衛は思わず首をすくめた。小栗組の銃撃だ。早くも敵が土塁の上から覗いたのだろう。

その土塁は比較的上り易かった。通常は、手掛かり足掛かりになる雑草を丁寧に引き抜いておくのが心得だが、やはり時間がなかったのだろう。夏草が生い茂っており、それを摑んで楽によじ上った。

「撃ち方、止めいッ！」

茂兵衛が土塁を上りつめたのを見て、小栗が発砲を止めた。

土塁の内部から槍が突き出された。身を捻って穂先をかわし、右手で柄《え》を摑んだ。左手には自分の槍を持っている。これで両手が塞がった。槍を突き出した相手を睨みつける。足軽だ。小柄な年配者で、茂兵衛を見上げる表情が怯えている。柄を持った感じではかなり細い華奢《きゃしゃ》な槍だ。足軽を睨みつけたまま、槍を柵の丸太に押し付け、力を込めるとボキリと折れた。年寄りは尻もちをつき、そのまま這って逃げ去った。

富士之介と三十郎を含めて、多くの者が坂を上りきり、土塁上で城兵と渡り合っている。茂兵衛は槍を柵に立てかけ、刀を抜いて横木を結《ゆ》わえた荒縄を切りにかかった。

「ギャーッ」

悲鳴を上げ、顔を矢で射られた足軽が環濠の底へと転落した。柵を乗り越えようとしたところを城内から射られたらしい。弓兵がいる。腕もよさそうだ。

幾ヶ所か荒縄に切れ込みを入れ、足で強く蹴ると横木は簡単に外れた。丸太と丸太の隙間に体を半身にして挿し入れ、すり抜けようとした刹那——弓が自分を狙っているのに気づいた。距離六間（約十一メートル）。徒士だ。兜も面頰《めんぼお》も外している。弓はすでに満々と引き絞られており、最早、逃げも隠れもできない。

（うちの足軽は顔を射られていた。あの弓野郎は顔を狙うんだ）

矢が放たれるのと同時に顔を伏せた。顔は面頬で防御されているが、目や口は大きく開いている。その点、兜なら——ガツン——兜に強い衝撃を受け、茂兵衛の首が悲鳴を上げた。しかし、痛がっている暇はない。そのまま城内へと転がり込んだ。

（あの野郎だきゃあ、殺す！）

射られた恨みだけではない。腕のいい弓や鉄砲の射手は味方の脅威となる。

身を起こすと同時に、槍を構えて駆け出した。

弓兵は一段高くなった小屋の前で矢を弓に番《つが》えようとしていたが、迫る茂兵衛の怒気に度を失ったらしい。番えた矢の筈《はず》が弓弦《ゆづる》から外れるのが見てとれた。

（年貢の納め時だがや）

ゴン。

駆け寄ってまず槍の柄で殴り倒した。転がった喉元にブスリと穂先を刺し込み、捻り上げる。口と鼻から盛大に血を噴き上げつつ、腕のいい弓兵は絶命した。

「お見事にございまする」

振り返れば、ついて来ていた富士之介と三十郎だ。

本多主水に率いられた槍足軽たちも、茂兵衛が作った柵の突破口を通り、続々と城内へ侵入している。

「おい主水。辰蔵を援けるぞ。柵に取りついとる城兵の横っ腹に、槍衾《やりぶすま》を作って突っ込め！」

大声で命じると、主水が手を上げて応えた。彦左と気が合うのが不思議なぐらいにまともで賢い男だ。主水に任せておけば大過なくやってくれるだろう。

ドン——ドン——ドン。

間欠的に大手門から聞こえてくる雷《いかずち》か大筒《おおづつ》のような轟音は、攻め手の穴山衆が、伐った大木を多勢で抱え、門扉《もんぴ》に突っ込んでいる音だ。閂《かんぬき》を圧《へ》し折《お》るか、閂を留める金具を破壊するかすれば門は開くのだが、閂も金具も堅牢に作られており、容易には壊れない。

（大手門さえ破れば、勝負はつく）

富士之介と三十郎と足軽装束の小者が二人——自身を含めた五人で矢倉に突っ込むことも考えたが、いかにも寡兵である。矢倉の上下には、五十人前後の城兵がいるはずだ。

（まずは、辰蔵隊を城内に引き入れ、ある程度の頭数を確保しよう）

辰蔵の槍隊二十人に加え、左馬之助が、小栗の十挺も合わせて二十挺もの鉄砲隊を率いている。危険は伴うが、彼ら全員を城内に入れ、内側から大手門の矢倉を槍と鉄砲で襲わせる策も悪くない。

「おい、俺らも辰蔵を援けるぞ」

と、富士之介ら植田家の家臣たちに一声かけ、本多主水の槍隊に合流した。

辰蔵が率いる二十人の槍足軽たちはすでに土塁を上りきり、柵の内外で城兵と渡り合っている。同士討ちになるので、環濠の外の鉄砲隊は発砲を控えているが、それまでに射殺された骸《むくろ》が幾体も転がっており、相当の戦力が削がれていた。城兵たちの旗色は悪い。そこへ茂兵衛率いる十五人が横から突っ込んだものだから、柵を守っていた側は総崩れとなった。

「退け！　二の丸まで退け！」

生き残った城兵たちは柵際での防衛を諦め、二の丸方向へと逃走した。

「おい左馬之助、ここから鉄砲隊を全員城内に入れろ」

柵の間から顔を出し、環濠の外で鉄砲隊を率いる左馬之助に命じた。

「辰蔵、槍隊で左馬之助の鉄砲隊を援護せよ」

「承知！」

鉄砲隊は虎の子だ。戦場では槍隊に護らせるのが心得である。ましてや敵城の中に鉄砲隊を入れるのだから、より慎重に振る舞わねばなるまい。

鉄砲隊の先陣を切り、左馬之助が柵を抜けて入城した。辰蔵を見つけて詰め寄ろうとしたが、茂兵衛が睨んでいるのに気づき、自重した。

二十人の鉄砲隊と三十人の槍隊が揃うと、茂兵衛は大手門への内側からの攻撃を命じた。

「富士之介」

「はッ」

「おまんの馬鹿力が頼りだ。三十郎以下、植田家の者四人は別行動をせよ。俺が槍隊で矢倉の下の敵を掃除するから、隙を見て大手門の閂を外せ」

「はいッ」

「左馬之助、鉄砲隊を指揮しろ。矢倉から顔を出す奴は容赦なく撃て。辰蔵、鉄砲隊の護衛に十人を残し、残りの槍隊を率いて俺に続け」

「承知ッ」

ドン──ドン。

相変わらず、外からは穴山衆が門扉に大木を打ちつけている。

ダンダンダン。

左馬之助の鉄砲隊が矢倉に斉射を浴びせ始めた。城の外と内から同時に攻めたてられる矢倉——弾避けの竹束が、敵弾が撃ち込まれる度にバタバタと扇情的な音をたてる——内部の兵たちは生きた心地もすまい。

「次は槍隊だ。辰、突っ込むぞ」

「おう」

穂先を揃え、槍衾を作る。槍衾は戦国最強だ。つけ入る隙がない。どんな勇者も尻込みする。騎馬隊の突撃をも止める。

「よしッ、突っ込め！」

と、二十人で突っ込んだ。矢倉の下にはまだ十数名の槍足軽が残っていたが、抵抗する間もなく、瞬《また》く間に突き崩され、矢倉の下は茂兵衛たちが占拠した。

「それ、富士、門を開けろ！」

富士之介以下、植田家の家来たちが閂に取りつく。

ゴッゴッゴゴ。

ついに閂は外され、中牧城の大手門が開いた。穴山衆の主力が城内へと雪崩《なだ》れ込み、矢倉上の数十名は攻め手に包囲された。

攻め手の先頭に立って入城してきた岡部が駆け寄り、茂兵衛に「お手柄！」と呼びかけ、面頬の奥で笑った。

「矢倉の始末は茂兵衛殿と鉄砲隊に任せた。我ら主力は本丸へと向かう」

「承知」

城内での掃討戦に、鉄砲隊は不向きだ。岡部がこの場に茂兵衛隊を残したのは良い分別である。

しかし、肝心の矢倉は押し黙ったままだ。

「おーい、矢倉の方々」

できるだけ穏やかな声色で呼びかけたのだが、返事はなかった。

彦左は心得に従い、五十挺の鉄砲を矢倉に向けたままである。敵が少しでも抵抗しようとすれば、一瞬にして蜂の巣にする態勢だ。

「彦左、鉄砲を下ろさせろ」

「お頭……」

彦左が表情を曇らせた。

「ええから、ゆう通りにしてくれ」

「……はい」

不承不承だが、鉄砲を下ろさせた。和戦両様が交渉の心得ではあるが、圧倒的な力量差がある場合は、下手《したて》に出た方が相手も耳を貸しやすいだろう。

「どなたか頭立《かしらだ》つ方がおられたら、決して撃ちはせぬゆえ、お顔を見せて下され。話し合いがしたい。ああ、申し遅れたが、それがしは植田茂兵衛。徳川三河守の鉄砲頭にござる」

ややあって、一人の若武者が矢倉に積まれた竹束の陰から顔を出した。

「お話を伺おう」

「失礼ながら、随分とお若いご様子だが……」

「大村三右衛門尉が一子、伊賀守忠友にござる」

まだ十五、六歳であろうか、城主の嫡男が大手門を預かっていたらしい。異例のことである。おそらくは、人材が払底《ふってい》しているのだろう。

「我らこの二十年間、武田衆の強さと誇り高さを、恐れ敬って参った。この気持ちは三河者全てに相通じるものにござる」

「過分に思いまする」

若武者が、矢倉の上から頭を下げた。

「たかが一日か二日、北条の口車に乗って一揆を起こされたからと、厳しく咎め立てするような三河守ではござらん。どうか安心して矢倉を下り給え」

「植田殿とやら」

「おう」

「もしお言葉が本当なら、本気で武田武士を恐れ敬って頂いていたのなら、乞い願う。我らに名誉ある死を！」

「おい、今のはどういう意味だら？」

傍らの彦左に振り向き、小声で質した。

「さあね。死にたいって言ってるんでしょ」

冷笑気味に返答したので少し腹が立った。

「たァけ。嫌な言い方をするな！」

と、ひねくれ者を睨みつけてから、矢倉へと向き直った刹那、二階家ほどの高さの矢倉上から城兵が次々に飛び降り始めた。地面に降り立つと、槍を振るって茂兵衛隊に突きかかってきたのである。

「槍隊、前へ！」

左馬之助と辰蔵が機敏に動いた。白兵戦を苦手とする鉄砲隊の前へと、槍隊を進めたのだ。槍兵同士の激しい戦闘となった。

「だから言わんこっちゃない！　敵に情けをかけるからだ！」

「うるせェ！　ええから鉄砲隊を退かせろ」

鉄砲頭と筆頭寄騎で言い争いながらも、なんとか鉄砲隊を後退させた。

双方同数程度でやり合ったのだが、やがて兵士個々の力量の差が如実に現れ始めた。精強なる茂兵衛の槍足軽に対し、大村党は老人と子供ばかりだ。

頭の上から重い槍で幾度も叩かれると動きが止まる。そこをブスリとやられてどんどん人数を減らしていった。最後は門扉の陰に十人ほどが追い詰められた。

「槍を捨てろ！」

と、辰蔵が呼び掛けたが――

「嫌じゃ！」

と、若い声の拒絶が戻ってきたので、ならばと迫り、瞬時に全員を突き殺してしまった。骸を検《あらた》めたが、伊賀守の姿はなかった。彼は矢倉上で、郎党らしき老武者と二人、見事に腹かっ捌《さば》いて果てていたのである。

「糞ッ。ガキと爺ィばかりじゃねェか！」

彦左が地面に唾を吐いた。

伊賀守が言った「名誉ある死」の意味するところは、満足に兵士も募れない武田の凋落ぶりを恥じての言葉だったのかも知れない。

本丸まで制圧した岡部と曾根は、皆を集めて勝鬨《かちどき》を上げることにした。主将たる二人が「えいえい」と戦意を問いかけ、兵たちが「おう」と応えるのが心得である。

岡部が拳を振り上げ「えいえい」と雄叫びを上げた。茂兵衛隊、善四郎隊がこれに倣い穴山衆も続いた。しかし、幾度か繰り返すうちに「おう」と応えるのは茂兵衛隊と善四郎隊ばかりで、穴山衆は皆、俯《うつむ》いてしまったのだ。

彼らの気持ちを察した岡部が問いかけを止め、茂兵衛たちも押し黙った。

本丸に、通夜のような沈黙が流れた。妙な具合の勝鬨になってしまった。

「国が滅びるとは、辛いものでござるなァ」

有泉がポツリと呟き、涙を拭った。

(戦国の倣いよ。おまんたち武田も、駿河や信濃を滅ぼしてきたではねェか)

有泉の感傷を腐すつもりは毛頭ないが、茂兵衛は心中で本音《ほんね》を呟いていた。

雁坂峠の北条氏邦と御坂峠の北条氏忠は、中牧城の陥落を知り、兵をまとめ秩父や相模《さがみ》方面へと撤収していった。

「北条は物見ぐらい出さんのかな？　我らをいかほどの大軍と見ておるのか知らんが、山を下りて戦えば、難なく勝てたものを」

と、善四郎は嘲笑するが、今回ばかりは北条の「物見の不足」云々の話ではなかったようだ。

「や、実はな……」

と、曾根がすまなそうな顔をして語り始めた。

「この城を攻め始めた頃、使番《つかいばん》がきたのにお気づきであったか？」

「赤い甲冑の騎馬武者にござるか？」

善四郎が応じた。誰もが気にして注目していたようだ。

「左様。あれはな、ワシの古い朋輩からの使いでござった……ご存知か？　真田昌幸」

（曾根の朋輩のマサユキ？）

茂兵衛はその名に聞き覚えがあった。

（ああ、ほうだ。信玄が「昌世と昌幸は我が両眼ぞ」と褒めた片割れだわ）

真田昌幸——典型的な乱世の奸雄である。武田勝頼に最後まで忠誠を尽くすと見えたが、どう上手く立ち回ったものか、四月八日付で信長から旧領を安堵されている。勝頼の死からわずか二十七日後だ。さらには梅雪のように嫌われることもなく、現在は滝川一益の寄騎として上野《こうずけ》方面で辣腕を振るっているそうな。

その真田からの報せとは——北条氏政と滝川一益が、上野国神流川《こうずけのくにかんながわ》で大合戦を演じるというものだった。

十八日の戦いでは滝川勢が北条勢を圧倒している。今の北条に、この上、甲斐にまで戦線を拡大する余裕があるはずがない——

「そう真田は報せてきたのでござるか？」

善四郎が目を剝《む》いた。

「左様」

「ならば何故、我らにお伝え下さらなかった？　北条が峠を駆け下ってきたらどうしようと気が気ではなかったのですぞ」

「相すまん。城攻めを前に気が緩んではいかんと思ってな」

曾根が謝罪した。ちなみに、本日十九日の戦いで、北条は大勝し、滝川勢を上野から駆逐している。

中牧城は、甲府の北東にある。物見櫓に上ると甲府盆地が見渡せた。四方がすべて山々に囲まれた、まるで擂鉢《すりばち》の底のような土地柄だ。

（俺もよォ。もしこんな土地に生まれ育ったら、あの山を越えて「他国に出たい」「海が見たい」と夢見たろうなァ）

と、茂兵衛は思った。

この二十年間、信玄と武田勢が、駿河や遠江への侵攻に固執し続けた理由が、ようやく分かったような気がした。ただ、武田家は長篠を経て衰亡し、三ヶ月《みつき》前に滅亡した。今やその遺臣たちが糾合できるのは、子供と老人だけなのだ。そこまで国と民を疲弊させてまで、実現させる価値のある望みだったのだろうか。

（人間、夢を見るのもええが無理はいけねェ。足元を見て歩かにゃ危ねェわ。信玄さんにも、勝頼さんにも、ナンマンダブだがね）

と、茂兵衛は心中で合掌し、幾度か称名した。

広い二の丸へ下りていくと、茂兵衛の鉄砲隊は、生い茂る夏草の中に布陣していた。否々、布陣と呼べるほど統制のとれたものではない。もう誰も彼もが、蒸し暑さと疲労で只々伸びているだけだ。

今日の中牧城攻めの疲ればかりではない。この二月以来、もう走りずくめ、戦いずくめの日々だったのだ。日頃から鍛え上げられ、本来は鋼《はがね》のごとき雑兵《ぞうひょう》たちの心と体が、ここへきて悲鳴を上げていた。

茂兵衛は、丸太のように横たわる足軽たちの間を歩き「塩を嘗《な》めりん」「傷はよう洗え」と、一人一人に声をかけて回った。

「お？」

ふと見ると、二の丸の物見櫓の上で、配下の寄騎三人が集い、朗らかに談笑しているではないか。

「左馬之助が辰蔵と……楽しそうに笑っとるがね」

思わず、口をついて言葉が出た。慌てて周囲を見回し、誰にも聞かれていないことを確かめた。

(俺が見たかったのは、つまり、こういう景色だったんだろうなァ)

まるで美しい風景画でも愛《め》でるように、茂兵衛は櫓の上の光景をうっとりと眺め続けた。

三ヶ月《みつき》ほど前、寝所の闇の中で綾女《あやめ》が呟いた言葉をふと思い出した。

「共に笑い、共に泣く生の暮らしの前では、古びた怨讐など馬鹿らしく思えて参ります」

茂兵衛は今すぐ櫓に走ってゆき、三人の間に割って入り、肩を組み、下卑た冗談を言い、共に笑いたい衝動に強く駆られた。しかし、自分は足軽大将で彼らの上役である。分別が働き、その場を動くことはなかった。

## 六

六月二十七日。織田家の重臣たちは清洲城《きよすじょう》に参集し、喫緊《きっきん》の各課題について話し合いを持った。その中で、徳川勢の甲斐国内における一連の行動は、織田家の同盟軍として「合法的なものである」と正式に認められた。あくまでも甲斐国内での一揆の鎮圧、北条勢力の駆逐と排除が目的であり、「領土的野心の発露ではない」とのお墨付きを受けたことになる。清洲会議には、柴田勝家、羽柴秀吉、丹羽長秀などの軍団長級の実力者が顔を揃えており、その場で承認を受けた意義は家康にとって大きかった。

信長の仇討ちを目指して軍勢を動かしたのが、秀吉以外では家康のみであったこと。信長の死を知った直後に「知恩院にて殉死する」姿勢を見せたこと。無害な徳川家重臣を河尻秀隆が謀殺したこと。現実に北条勢が甲斐に侵入しようと国《くに》境《ざかい》に布陣していたこと。そもそも家康と徳川勢主力は、中心部の甲府盆地にさえ侵入しておらず、指揮を執ったのは旧武田家の岡部と曾根、基幹部隊として動いたのは穴山衆であったこと――等々の多くの事実が、家康の行動に正当性を与えていた。

家康なりに、周到に知恵を絞った甲斐があったようだ。

翌二十八日。穴山氏館にまで進出してきていた大久保忠世が満を持して甲府に入った。いよいよ徳川本隊が甲斐の中心部にまで進出したのだ。今後は河尻の領地を直接支配することになるが、織田側の反応はどうだろう。

茂兵衛たちが、中牧城と大野砦の守備の任を解かれ、本来の寺沢の新城普請現場へと戻された七月三日、その日珍事が起こった。なんと、浅間山が再度噴火したのである。天災の第二波に見舞われ、甲斐信濃の人々は打ちひしがれた。農村は大被害を受け、ある意味価値の低い、誰もあまり欲しがらない土地になり果ててしまったのだ。

このことは、むしろ家康に幸いした。

七月七日。清洲会議以降、織田政権の臨時首班として振る舞い始めていた秀吉が、家康の信濃と甲斐への侵攻を承認してくれたのだ。秀吉は、織田家内部での覇権争いに忙しく、家康には中立を保ってもらう必要があった。天災に幾度も見舞われる呪われた土地を与えるだけで、大人しくしていてくれるのなら「安いものよ」と考えたのかも知れない。

これで正式に甲斐と信濃は家康の領地となった。

七月九日、家康が初めて甲府に入城。

同二十二日。有泉と穴山衆の働きに対し、家康は感状を出して激賞している。

その後、八月にかけて、北条の大軍が甲斐に侵入してきたが、最早彼我の勢いの差は如何ともし難かった。家康は余裕綽々《しゃくしゃく》である。五代目当主北条氏直《うじなお》率いる四万からの大軍と、甲府の北西、七里《しちり》岩台地《いわだいち》上で対峙した。睨み合いを続け、正面衝突を避け、中牧城や黒岩《くろいわ》での小競り合いでは、着実に小さな勝利を積み重ねた。

天正十年（一五八二）十月二十九日。徳川と北条間の和睦が成立した。条件は以下の通り。

一、北条は甲斐国内の占領地（都留《つる》郡）と信濃国内の占領地（佐久《さく》地方）を徳川に引き渡し、兵を引き揚げること。

一、徳川は上野国を北条領と認める。同時に、上野国真田領沼田《ぬまた》を北条に引き渡すこと。

一、家康の娘督姫《とくひめ》を、後北条家五代目当主である北条氏直の正室として輿入れさせること。

ちなみに、真田の名がまた出てきた。沼田は混乱に乗じて真田昌幸が占領し、簒奪した土地である。これを「北条に返還せよ」との条項がある――この一文が後々物議をかもすことになる。

――それはさておき。

これで家康は、三河・遠江・駿河・甲斐・信濃――計五ヶ国を領有する大大名となった。石高で言えば、三河と遠江で六十万石前後だったものが、駿河、甲斐、信濃の八十万石余を加算され、百四十万石ほどの太守となった。軍役が一万石あたり二百五十人と考えれば、三万五千人の動員力を誇る。しかも、その三万五千は精強なる三河武士団が中核を荷っているのだ。さらに、二百万石の大国小《お》田原《だわら》北条の当主は家康の娘婿なのである。日本国のちょうど臍《へそ》の部分に、一大勢力が忽然と姿を現した。

家康がふと己が周囲を見回せば、半年前までは考えもしなかった「天下」というものを、まだ朧気《おぼろげ》ながらも望める立場に躍り出たことになる。

家康自身が、誰よりも驚いていたはずだ。


「ほう、加増ですか」

茂兵衛は寿美と目を見交わした。場所は浜松城内、茂兵衛邸の座敷。義弟の善四郎と昼間から酒を飲んでいる。

「うん。主人が領地を広げれば家臣の禄も増える……当然の理《ことわり》だからな」

と、酒に頬を染めた善四郎が膾《なます》を口に放り込んだ。

「ただ、あまり期待はせぬことよ。なにせ、うちの殿様は……吝《しわ》いでのう」

「善四郎殿、また大きなお声で……」

と、寿美が笑いながら実弟を窘《たしな》めた。

徳川家が六十万石から百四十万石に膨れ上がったのだ。ま、新たに獲得した八十万石余をすべて分配せよとまでは言わないが、気は心で、家臣たちに多少の祝儀があってもいい——否、あるべきだ。

茂兵衛の俸給は年に二百五十貫である。石高に直せば五百石ほどか。生前の信長は、千貫で召し抱えると茂兵衛を誘った。家康からもせめて五百貫ぐらいは貰いたいものだ。

(五百貫なら、夢の千石取りということになるが……ま、無理だわな。善四郎様の仰る通り、うちの殿様は吝い)

善四郎に酌をする寿美の古びた打掛《うちかけ》が目についた。弟が客なので普段使いの着物ではあろうが、それにしても草臥《くたび》れた打掛だ。年に二百五十貫なら食うに困ることこそないが、足軽大将ともなれば出費も多い。甲冑から槍、刀、乗馬に至るまで数物でお茶を濁すわけにはいかないのだ。寿美が節約に腐心していることは、浜松の屋敷を差配している家宰の鎌田吉次《かまたきちじ》辺りから度々聞いている。

(嫁に贅沢もさせてやれねェ甲斐性なしの亭主だがや。それでいて手前《てめ》ェは、他所《よそ》で女と乳繰り合ったりはするんだ……俺ァ亭主失格だがや)

自分が醜く矮小《わいしょう》に思えて気分が鬱屈し、グイと土器《かわらけ》を呷《あお》った。

「義兄《あにじゃ》、知っとるか?」

寿美が席を外した合間に、善四郎が小声で囁いてきた。

「岩窪館で本多百助様を斬ったのは、河尻秀隆ではないそうな」

「え? じゃ誰が?」

「服部半蔵よ」

「な……」

徳川が甲斐を狙っていると邪推した河尻は――邪推などではなく、事実家康は狙っていたのだが――激高し、無害な百助を非道にも謀殺した。その結果、徳川は堂々と甲斐に兵を入れる大義名分を得た。河尻の乱心は徳川にとって好都合だったのである。で、百助謀殺の一部始終を報告したのは誰か――百助の寄騎として岩窪館に同道していた半蔵なのだ。

「それは人の噂にござるか？　それとも確かな筋からの？」

善四郎は、高根砦《たかね》での信康絡みの一件以来、茂兵衛以上に半蔵を嫌っている。半蔵憎しから、根も葉もない噂に飛びついた可能性もなくはない。

「大給《おぎゅう》松平の義兄《あに》から聞いた」

「真乗《さねのり》様から！」

松平真乗は善四郎の妻の兄である。御一門衆である大給松平の当主で、先月卒中で急死した。傲岸不遜な男で善四郎も茂兵衛も苦手だったが、与太話を吹聴するような性質《たち》ではない。

真乗によれば、百助の弟の忠信《ただのぶ》が「兄を斬ったの服部半蔵ではないのか」と疑い、詰め寄り、刀まで抜いたが、手もなく半蔵に取り押さえられたという。この一件の報告を受けた家康は顔色を変え、即座に忠信を召し出して扶持《ふち》し、百助の倅の信勝《のぶかつ》には「いずれは重く用いる」との約定《やくじょう》を与えたらしい。

破格のことである。話が美しすぎる。

御一門衆、重臣衆の間では、家康が百助の遺族の口を封じるため「懐柔策に出たのでは」との説が有力であるそうな。

(大体、妙だ妙だとは思ってたんだわ)

と、茂兵衛は思い返した。

(河尻とは一度しか会ってねェが、そう短慮な野郎には見えなかった。あの信長が長男の筆頭家老に指名したほどの男だ。前後の見境もなく徳川の家臣を手にかけるはずがねェものなァ)

半蔵は、徳川が甲斐に介入する口実を作るため、河尻を煽り、百助を殺させようとした。しかし、河尻は動かない。痺れを切らせて自ら手を下し、罪を河尻に擦り付けた——そんな構図が見て取れる。

「問題は……殿様がこの件にどれほど関わっておられたか、ということよ」

善四郎が顔を寄せ酒臭い息を吐きかけた。

半蔵の暴走であったのならまだいい。苦々しくは思いつつも、結果がよかったので家康は黙認した。そういうことはあるだろう。しかし、家康が「いざとなったら百助を斬れ」と半蔵に命じていたとすれば、明らかにやり過ぎだ。話は違ってくる。

「百助様の件は半蔵めの勇み足で、殿様はご存じなかったと拙者は見ておる。ま、家中の大勢も同意見じゃ」

「ほうですか。ま、ほうでしょうなァ」

と、茂兵衛は義弟に頷き返した。しかし、酒の回った茂兵衛の脳裏には、百助の人の好い笑顔と半蔵の顰め面、そして最後に「梅雪を刺し殺せ」と命じた折の家康の怖い眼差しが浮かんでいた。

（善四郎様たちはお気づきではねェかも知れんが……今の殿様なら「百助を斬れ」ぐらいは命じるやも知れんなァ）

己が甲斐性の無さに落ちこんでいたところに、さらに半蔵の不愉快な話を聞かされ、家康の非情ぶりに辟易させられた。茂兵衛の心は荒み、ついつい盃を重ねた。

# 七

気づけば雷の鞍上《あんじょう》に揺られていた。武家屋敷が並んでいる人気《ひとけ》のない道だ。

(俺ァ、どうしたんだら?)

槍持ちは連れず、従僕の仁吉《じんきち》が一人、雷の轡《くつわ》をとっている。主従二人で城下を歩いているようだ。

(ほうだら。善四郎様が帰るってんで、俺、送っていくって……寿美が止めたのに、厩《うまや》から雷を引き出したんだわ)

悪酔いし、善四郎と二人で「服部半蔵、斬るべし」なぞと幾度か息巻いた記憶が微かにある。

「こら、仁吉」

「へい、旦那様」

「ワシは……どこへ向かっておるのか?」

「え」

小柄な若者が慌てて振り返った。

「や、手前は存じませぬ。旦那様の仰る通り、右と聞けば右に、左と命じられれば左に参りましただけで」

「……ここは何処の辺りだら？」

酔って記憶を失くしていたことを下僕に見透かされ、些《いささ》か面目を失った。茂兵衛は苛々と仁吉に質した。

「曳馬城《ひくまじょう》内かと」

曳馬城——浜松城が建つ前に、この地にあった今川方の小城である。浜松城の北東部には、出曲輪《でくるわ》のようなかたちで曳馬城の城域が今も残され、武家屋敷街として使われていた。ちなみに、茂兵衛が綾女と出会ったのは、曳馬城の南の曲輪である。

（曳馬城になぜ俺は？）

と、見回したところで、築地塀《ついじべい》内に生えた立派な枝ぶりの松の古木に目が留まった。人がいる——四角い体に長い手足、まるで巨大な蜘蛛《くも》を思わせる中年の男が大枝の上から睨んでいる。

「よお」

と、蜘蛛男が声をかけてきた。

——服部半蔵である。

「え!?」

さすがに慌てた。確かに「半蔵を斬るべし」とは叫んだし、百助を斬ったのが本当なら半蔵は万死に値するとも思う。しかし、たとえ斬るにしてもだ。酔った状態で槍も持たず、昼日中《ひるひなか》に相手の屋敷に単身殴り込むのは、武人として不心得も甚だしい。

「お、おまん……松なぞに上って、なにしとるんだら?」

差し障りのない言葉が口をついて出た。

「植木の手入れよ……ワシは庭仕事がただ一つの道楽でのう」

「ふ～ん……」

幾つも濠や橋を越えて偶然にここまできたはずがない。酔った頭の片隅で「半蔵と今日こそ決着をつける」との思いが強く働き、無意識のうちにここまで仁吉を誘導してきたとしか思えなかった。

「ワシに、なんぞ用向きでもあったのか?」

パチンパチンと余分な小枝を鋏で落としながら半蔵が訊いた。

「や、別に……」

と、しどろもどろになって答えた。雷が不満げに鼻を鳴らしてブルンと首を振った。その様子を、半蔵が松の大枝から睨んでいる。鋏の音が止まっている。

「さてはおまん……ワシを斬りにきたな？」

半蔵の言葉を聞いた仁吉が腰の脇差に手をかけ、弾かれたように一歩下がって半蔵を睨み返した。

(仁吉も雷もたァけが……妙な反応するんじゃねェよ。引っ込みがつかなくなるじゃねェか)

「植田、いずれおまんが来るとは思っておったのよ」

「や、だから俺ァ別に……」

モゴモゴと口ごもった。

「まったく三河雀は口さがないからのう。ワシもあることないこと様々言われて肚に据えかねておったところよ。どれ、相手をしてやるから、そこで暫時《ざんじ》待っておれ」

そう言い放つと、半蔵は松の古木からスルスルと下りてきた。その姿、敏捷さはまさに巨大な蜘蛛そのものである。

(この男の前世は、大蜘蛛に相違ねェわ)

なぞと想像しながら、しばらく待つと、半蔵は従者も連れず、野良着の腰に大刀を佩《お》びたのみの姿で、栗毛馬に跨り颯爽《さっそう》と門を出てきた。

因果を含めて仁吉を屋敷に帰した後、半蔵とただ二騎、旧曳馬城を出て北方を目指した。

(話し合うにせよ、戦うにせよ、この酔いだけは醒ましておかにゃ拙《まず》いわな)

茂兵衛は雷の鞍上で、半蔵から隠れて頭を振り、深い呼吸を繰り返した。もっとも、松の樹上にいた半蔵と目が合った瞬間、酷く動転し緊張で酔いの過半は醒めた気もする。

浜松城の北方には荒涼とした三方《みかた》ヶ原《はら》の荒れ野が広がっていた。台地上は水利が悪く稲作には適さない。農家も疎らである。人気のない茅原《かやはら》で馬を下り、改めて茂兵衛と半蔵は対峙した。

「ワシに話とはなにか?」

「たァけ。俺が言わずとも、おまん自身がよう分かっておろう。なんなら己が胸に訊いてみりん」

咄嗟の判断で、あやふやに返しておいた。具体的な罪科をぶつけても、隠密の元締めをやっているような男に口で敵《かな》うわけがない。言を左右されて「ああ、そうでしたか」と納得させられスゴスゴと退散に追い込まれるのがオチだ。

「本多百助のことか？」

「それもある」

「信康公の件か？」

「そ、それもある」

「分かったぞ」

ここで半蔵がニヤリと笑った。

「相良源蔵《さがらげんぞう》の件だな？」

（相良源蔵って誰だら？　こいつ、他人の恨みを買うことばかりしてやがるんだなァ）

そう憤って、思わず腰の刀を摑んだのは失敗だった。

「ふん、問答無用というわけか？　ええだろう……抜け」

と、半蔵が苦く笑って腰をわずかに落とし、刀の柄《つか》に手をかけた。

（なにが抜けだ！　俺ァ端《はな》からやる気は……糞ッ、どんどん話が独り歩きしやがる）

「ええのか？　槍も鉄砲もないようだが、刀で遣《や》り合《あ》ってワシに勝てるのか？

百姓あがりのおまんが、剣術下手なことは疾うに調べて知っておるぞ」

(悔しいが、半蔵の野郎の言うとおりだわ。刀は分が悪いや)

恥も外聞もなく逃げることも考えたが、自分から喧嘩を売っておいて——否、厳密には喧嘩など売っていないのだが、表面上、屋敷に押しかけたのは茂兵衛の方だ——なにもせずに逃げ出すのは拙《まず》い。まるで阿呆だ。きっと根性悪の半蔵は浜松中で言いふらすに相違ない。

(なんとかせにゃ)

眼球を左右に激しく動かし、必死で対策を練った。ふと、目の端に雷の姿が映った。

(なに、槍や鉄砲がなくとも、工夫次第で戦はどうとでもなるもんだがね)

足元に転がる二寸(約六センチ)ほどの石を摑むと、草を食む雷に向かって駆け出した。鞍に飛び乗ると同時に、半蔵の馬の顔に石礫《いしつぶて》を投げつけた。

ガツン!

礫を食らった栗毛馬が悲鳴を上げて駆け去る。

(ハハ、これでええ)

剣術では分が悪いが、現在こちらは騎馬武者で相手は徒士だ。馬体が大きく、気の荒い雷の蹄《ひづめ》がもう一つの得物となる。

「それ、雷……蹴り殺せ！」

と、鐙を蹴って、悍馬《かんば》を半蔵にけしかけた。半蔵は刀を振り、馬を威嚇しながら横へ横へと逃げる。茂兵衛も手綱を捌いて追いに追った。

届くかと思い、身を乗り出して幾度か刀を振り下ろしたのだが、やはり切っ先は虚しく空を切った。

（止めとこう。下手に刀振り回してると、勢い余って雷を傷つけかねねェ）

馬上で刀を振り回していると、馬はおろか、己が脚に斬りつけることもある。

逃げる半蔵の前に、松の大木が立ちはだかった。一瞬、半蔵の足が止まる。その無防備な後頭部を、非常に硬いと称される日本馬の蹄が強打した。半蔵は頭から松の幹に激突し、草叢に転がった。

（へへ、貰った）

すかさず鞍から飛び降り、草叢の中へと突っ込んだ。

半蔵は動けないでいる——と、確信していたのだが、さすがは歴戦の勇士、片膝を突いて身を起こしていた。

「ひ、卑怯だぞ植田！」

と、下から目を剝いた。

「どこが？」

と、皮肉で返した。ま、卑怯と言えば卑怯なのだろうが、騙し騙され、卑怯の権化のような男から言われたくない台詞《せりふ》である。

「面倒なり、組もう！」

両手を広げ、茂兵衛の腰の辺りに抱きついてきた。膂力《りょりょく》自慢の茂兵衛である。後頭部を馬に蹴られて朦朧《もうろう》としている男に、組み打ちで遅れを取るとは思えなかった。ただ、半蔵は無闇矢鱈《むやみやたら》と手足が長い。安易に組むと、妙なところから腕が伸びてきて、腰帯の辺りを摑まれ、呆気なく投げ飛ばされかねない。半蔵の腕を振り解いて後方へ大きく跳んで組むのを避けた。

「逃げるな植田、卑怯だぞ！」

朦朧男が叫ぶ。

「だから、どこが？」

と、茂兵衛が返した。

右足を大きく振り、前に出てきた半蔵の下顎を激しく蹴り上げた。

「うがッ」

仰《の》け反《ぞ》って草叢に倒れ込んだところを、押さえ込むようにして胸の上に飛び乗る。両手の動きを膝で封じ、尻で胸を押さえつけた。これで万全。ところが、首を絞めようと伸ばした左手の甲に噛みつかれた。

「あたたたた」

右手で、尖った顎の辺りを水平に殴ると、脳味噌が揺れたらしく、やっと大人しくなった。

（ふん、手間ァ取らせやがって）

と、左右を窺う。周囲に人の目はない。

（以前から気に入らねェ野郎だ……ちゃっちゃと殺《や》っちまうか？）

とも思ったが、やはり百助の件の顚末が知りたかった。真実を聞き出した後に、どうしても殺《や》りたければ殺《や》ればいい。

陽が大分傾いてきた。

半蔵を地面に座らせ、自分は松の切り株に腰を下ろし、切っ先を喉元に突き付けた。

「ワシの話を聞いてくれ。事実だけを話すから」

「なんでも話せ。おまんを生かすか殺すかは、その後に決める」

半蔵はホッとしたような表情をして、息をゆっくりと吐いた。

「まず、懐から出したい物があるのだが」

と、己が腹の辺りを指さした。

「おいこら、妙な動きをするなよ。幾ら俺が剣術下手でも、この間合いでの仕損じはねェぞ」

「分かっておる」

半蔵が懐から出したものは、熊の胆であった。

「百助殿が斬られる直前……ま、認めよう。斬ったのはワシだ……おまんに礼を言って返して欲しいと託されたものじゃ」

熊の胆を半蔵から受け取った。半年前、雨の甲州往還で百助に進呈したときのままだ。

「つまり、おまんが無理やり斬ったわけではねェと言いたいのか?」

「ほうだら。百助殿は、承知の上でワシに斬られた。これは真実だがや」

百助の腹には大きな瘍が出来ていた。最近では痛みも激しくなり、薬師もとおに見放したという。

「このまま苦しんで死ぬのを待つぐらいなら、せめてこの命、殿様のために有意義に使いたい」

　と、家康に持ち掛けたのは、百助自身であった。

　死を覚悟した百助が単身甲府に乗り込み、河尻秀隆を煽りに煽る。河尻が激怒して百助を殺せばしめたもので、それを理由として家康は甲斐に軍勢を入れられよう。

「待てよ」

　茂兵衛が、半蔵の話を止めた。

「そこまではええさ。問題は結局、殿様の御下命はどこまでだったのか？　ってことよ。河尻が百助様を殺さんかった場合、おまんが斬ることまで殿様は命じられたのかい？」

「や、そこは命じられておらん」

　半蔵が首を振った。

「ならば、おまんの独断かい？」

　と、首に突き付けた刀の切っ先に力が入った。

「ワシと百助殿の判断じゃ。話し合って決めた。ただ、殿はそういう場合も想定した上で、ワシらにすべてを委ねられた……そう考えておる」

（ま、ありそうなこったア）

「な、茂兵衛、考えてくれ。この地獄のような乱世で徳川が生き残る……並大抵の苦労ではないぞ。そのためにはワシのような汚い仕事をする者も必要じゃ。ワシだって槍一つで戦場に立ち、正々堂々と戦って、おまんや本多平八のように武士の鑑、漢《おとこ》の中の漢と呼ばれたいわ。でもな、戦国の世はそれだけでは立ち行かんのよ。誰かが臭い糞尿を汲まねば、雪隠《せっちん》は溢れるからな」

「……………」

茂兵衛は半蔵を殺せなかった。こんな男と朋輩《ツレ》になることはないし、できれば顔も見たくない。ただ、阿弥陀はどんな悪人にも慈悲を垂れ、当人が「嫌だ」と逃げても追いかけまわして「結局は救ってしまう」と、どこぞの坊主が言っていた。その法話の意味が少しだけ分かった気がした。

# 終章　新たな暗雲

（それにしてもよォ）

浜松城《はままつじょう》本丸御殿の中庭を望む長い廊下を歩きながら、植田茂兵衛は考えた。

信長の死から一年が経つ。天正《てんしょう》十一年（一五八三）五月──今年は梅雨《つゆ》が早くきた。激しい雨が連日降り続いている。梅雨がなければ稲は育たないが、程度問題である。

（我が殿様は、つくづく苦労人だら……そりゃ、人相も悪くなるがね）

今川義元の頸木《くびき》が外れた後は、武田信玄の圧力に怯えた。信玄亡き後は、同盟者信長の猜疑心《さいぎしん》の強さに悩んだ。家臣団分裂の危機に際しては妻子までを犠牲にせざるを得なかった。武田が滅び、信長が死に、これでようやく「重しが外れた」と背伸びをした刹那、羽柴秀吉とかいう新たな重しが急に湧いて出たのである。

（次から次へと、ようもまあ……内憂外患で気の休まる暇もなかろうよ。殿様になんぞ、なるものじゃねェなァ。足軽大将ぐらいが丁度ええわ、ハハハ）

呑気に笑いつつ、茂兵衛は外廊下を直角に曲がった——その場でピタリと足が止まった。

家康だ。その家康がいる。

小姓二人を従えて廊下に胡座《あぐら》し、雨の中庭をぼんやりと眺めている。背を丸め、顎を突き出した姿は、まるで八十過ぎの翁《おきな》のようだ。ちなみに、天正十一年（一五八三）の正月で家康は四十一になった。茂兵衛より四歳年長だ。家康は右手でなにかを口に運び、モグモグと食っている。

（まずいな。殿様と直で喋ると大概、面倒なお役目を仰せつかるからなァ）

随分と距離もあるし、まだ気づかれてはいまい。咄嗟《とっさ》に踵《きびす》を返し、柱の陰へと隠れたその刹那——

「こらァ、植田！　なぜ逃げるか？」

「う……」

柱の陰で硬直した。

（糞ッ、見咎められたからには仕方がねェな）

と、心中では愚痴りつつも、神妙な面持ちで柱の陰から歩み出た。両手を太腿の付け根に置き、能楽師のような所作で廊下を小走りに進み、主人の二間（約三・六メートル）手前で平伏した。

「おまん、ワシを見て逃げたろう」

「め、滅相もございません。お考えごとの邪魔をしてはならぬと、御遠慮申し上げた次第にございまする」

「ふん、ものは言いようじゃな」

「畏れ入りましてございまする」

とりあえず慇懃《いんぎん》に平伏しておいた。ゆっくりと顔を上げて見れば、家康が手にしているのはよく熟《う》れた枇杷《びわ》の実のようだ。

「食うか？」

と、茂兵衛の視線に気づいた家康が、枇杷を盛った高坏《たかつき》を差し出したので「いえ」と三度《みたび》平伏して遠慮した。

「ほうか……美味《うま》いのに」

五ヶ国の太守が残念そうに呟いた。

しばらく沈黙が流れたが、やがて家康が口を開いた。

「伊賀《いが》から戻り、甲州《こうしゅう》に攻め入った。あれからもう一年が経つのか……天正十年は、忙しい一年であったのう」

「御意ッ」

「武田征伐から始まって浅間山《あさまやま》の噴火、本能寺《ほんのうじ》、伊賀越えと続いた。駿河《するが》、甲斐《かい》、信濃《しなの》を我が領地となし、最後はお督を北条の嫁に出すのか、アハハ」

家康の次女督姫は、この八月に北条家当主の氏直に嫁《とつ》ぐ。

「お忙しい一年にございましたなァ」

ここでは口にできないが、茂兵衛はその上に、見性院救出、左馬之助との対決、長女綾乃の誕生、そして、綾女と初めて——おそらくは最後になるのだろうが——結ばれたのだ。確かに大変な、忘れじの天正十年であった。もし茂兵衛がまだまだ続くであろう戦乱の世を生き永らえ、平穏な余生を送るとしたら、昨年のことを感慨深く思い出すに違いない。

「おまんの鉄砲隊にも随分と苦労を掛けたが、皆、息災か？」

「お陰をもちまして、無事は無事にございまする。が、今年の冬は風邪を拗《こじ》らせる者が多かったやに、筆頭寄騎から報告を受けております」

「甲斐《かい》まで二往復もさせたからのう。一年を通じての疲れが、冬にまとまって出たのであろうよ」

（こら殿様……二往復じゃねェわ。三往復だがや）

と、内心で不平を呟きながらも、表面上は四度《よたび》平伏した。

ここで家康が話題を変えた。

「羽柴秀吉が、柴田勝家を討ったそうな」

「伺っておりまする」

天正十一年（一五八三）四月二十四日。越前国北ノ庄《えちぜんのくにきたのしょう》にて、羽柴秀吉は柴田勝家を滅ぼした。また、同二十九日には信長の三男信孝を、尾張国知多《おわりのくにちた》の安養院《あんよういん》で切腹に追い込んだ。これをもって、織田家の中で、秀吉に反抗する者はなくなった。

全国を見渡せば——小田原《おだわら》の北条以下、奥州《おうしゅう》の伊達《だて》、中国《ちゅうごく》の毛利、四国《しこく》の長宗我部《ちょうそかべ》、九州《きゅうしゅう》には島津《しまづ》が勢力を張っている。しかし、どこも都から遠く、それぞれに孤立した地方勢力にすぎない。畿内《きない》を押さえ、東は下野《しもつけ》（栃木）から西は備中《びっちゅう》（岡山）までの二十八ヶ国と、二十万近い兵力を継承——乃至《ないし》は簒奪《さんだつ》した秀吉の、真の脅威とはなり得なかった。

もし秀吉が、本気で警戒する武将がいるとすれば、それは徳川家康のみだろう。五ヶ国の太守となり、三万からの強兵と、大国北条氏との同盟を誇っている。なにせ北条の五代目当主は、家康の娘婿なのだから。

更に――軍事的、政治的な実力以外にも、家康は二つの優位性を誇っていた。

まず人気だ。

三方《みかた》ヶ原《はら》の戦いで、あの信玄の大軍に自ら突っ込んだ勇猛さは誰もが認めるところだろう。二十年に亘り気難しい織田信長の同盟者として誠実に務め上げ、信長の死後は、殉死をも口にした律義さはどうだ。征服した遠江《とおとうみ》、駿河、甲斐、信濃の降将に対する寛容さも素晴らしい。そのどれもが、家康という本来は田舎染みて風采の上がらない殿様に、颯爽《さっそう》として煌《きら》びやかな色彩を与えていた。

次に正当性だ。

家康は信長の家臣ではない。形の上では同等な同盟者だ。覇道の協力者であり、言わば同志であった。対する秀吉は、信長の使用人である。信長の倅《せがれ》の一人を死に追いやり、生き残った子供たちを差し置いてその覇業を引き継ぐというのでは、不忠の誹《そし》りを免れまい。信長の後継者としての正当性は、むしろ家康に軍配が上がる。

今後秀吉は、唯一残った競争相手たる家康への圧力を強めてくるだろう。軍事的に潰しにくるのか、あるいは恭順を求めてくるのかは不明だが、いずれにせよ、なんらかの影響力を及ぼしてくるはずだ。

「羽柴殿は足軽あがりの出頭人《しゅっとうにん》じゃ。おまんとは相通じるものがあろう。どうじゃ、おまん一度、羽柴と会ってみるか？」

「はあ？」

藪から棒の話だ。

「なに、出自が百姓同士だ。話が合うのではないか？」

「あの……」

困惑して、もじもじと主人の顔色を窺った。

「羽柴様と会い、作付けの話でもして帰ってくるだけなら相務まりましょうが、それ以上の働きは、それがしにはとても……」

昨年、家康から「必要ならば、梅雪を刺し殺せ」と怖い顔で命じられた記憶が生々しく蘇る。次には「秀吉を刺し殺せ」と命じられる可能性がなくもないと警戒した。

「できぬと申すか？」

「それがし、武辺一筋の槍武者にござれば、知恵をもって出世された羽柴様とはおそらく話が合いませぬ」

　家康の顔が不快げにゆがんだ。厳密には「苦く笑った」のであろうか。

「おまん、ワシから『秀吉を刺し殺せ』と命じられるのを恐れて、逃げを打っておるのか？」

「め、滅相もございません」

　完全に本心を読まれ、止むを得ず五度《ごたび》額を廊下に擦りつけた。

「たァけ……梅雪で懲りたわ。刺客におまんのような厳《いか》つい大男は向かん。誰でも警戒するでな。もし秀吉に刺客を送るなら、小柄な優男を選ぶわ。変に気を回すな、このたァけが！」

　主従の間に気まずい沈黙が流れた。

「ま、ええから、枇杷を喰えや」

　と、また高坏を突き出された。

（断り続けるのも角が立つわなァ）

　茂兵衛は上目遣いに家康を見た。瞬間、家康がニヤリと笑い、つられて茂兵衛も苦笑した。有り難く枇杷を受け取り、そして、六度目の平伏をした。

天正十一年六月。大久保忠世の麾下《きか》から離れ、浜松城に常駐していた善四郎の弓組と茂兵衛の鉄砲組は「信州《しんしゅう》へ参れ」との下命を受けた。

この二月、信濃佐久郡《さくぐん》で、徳川の調略を受け持っていた依田信蕃が死んだのだ。享年三十六。北条氏についた佐久の岩尾城《いわおじょう》を攻めた折、城内から放たれた銃弾が胸を貫通したという。本拠地である春日城《かすがじょう》には、忘れ形見の源十郎康国《げんじゅうろうやすくに》が残された。まだ十四歳の少年である。

そこで家康は、甲府で新領地経営の指揮を執っていた大久保忠世を、信州惣奉行《そうぶぎょう》とし、春日城に近い小諸城《こもろじょう》に赴任させることにしたのだ。弓組、鉄砲組の派遣は、大久保隊の強化増強の一環であろう。言わばテコ入れ。言わば箔《はく》づけ。

出陣の支度に忙殺されている茂兵衛を、辰蔵が自分の屋敷へと呼び出した。

(この糞忙しいときに……そもそも妙な話よ。本来ならば辰蔵の方から出向くべきだら。俺ァ野郎の上役で、しかも義兄《あにき》ではねェか)

と、不満たらたらで辰蔵邸の門を潜ると、辰蔵が生後五、六ヶ月ほどの男の赤ん坊を抱き、茂兵衛に見せた。

「ほう。ブッサイクなガキだのう……誰の子だら？」

辰蔵の妻は茂兵衛の妹である。身ごもったとは聞かないから、辰蔵の子ではないはずだ。

「たァけ。テテ御はおまんじゃ。覚えがあろう？」

辰蔵が声を絞り、早口で伝えた。

「覚えだと？　俺に限ってそんなもんが……」

一瞬にして、血の気が引いた。

「あ、綾女殿か？」

綾女となら覚えがある。というより忘れられない。昨年の三月三日、一夜だけだが、確かに彼女を抱いた。

「綾女殿は懐妊し、この一月に江尻城内《えじりじよう》でこの子を産んだ。残念なことに、産後の肥立ちが悪く、綾女殿は命を落とされたそうな」

「綾女殿が……し、死んだ？」

頭が真っ白になった。子供を突き付けられた直後に、十数年間想い続けた女の死を告げられたのだ。しかも、死因が産後の肥立ち云々とすれば、半分は自分の責任ではないか。

「どうする？　寿美様の手前もあろう？　俺が俺の子として、この家で育ててもええど？」

茂兵衛は朋輩《ほうばい》の目を覗き込んだ。真剣な眼差しが返ってきた。辰蔵は本気で言ってくれているらしい。辰蔵とタキの夫婦には子がない。タキは甥を我が子として育てることになる。せめて血の繋がった子だ。茂兵衛も近くで見守れる。決して悪い話ではない——否々、有難い話だ。

「少し時をくれ。考える。寿美とも相談して……」

「相談もええが、寿美様に伝えるのは慎重にな。できれば話さん方がええ」

「……そうだな」

もう一度、倅の顔を見た。綾乃の弟だが、姉とはまったく似ていない。猿のような顔をしている。女は美形、男は不細工——植田家の血のままだ。

「タキは事情を知っているのか？」

「ああ、全部話した。十日ほど一緒にいるが、今はもう我が子も同然に慈《いつく》しんでおる」

「……………」

「ほれ、触ってみろよ。おまんの倅だがや」

「ほ、ほうだのう」

と、指を差し入れ、小さな丸い頬を突っついてみた。ぷよぷよと柔らかい。少し笑ったようにも見える。愛しさが募った。

「亡くなった綾女殿は、どうなった？」

「見性院様の侍女として、江尻城下の寺に埋葬されたそうな」

「ほうか……綾女殿には親族がおらんのだ。供養は俺がちゃんとするがや」

「ええ心掛けだがね。褒美に一つええ話を聞かせてやろう。綾女殿は亡くなる寸前に『茂兵衛様のような男に育って欲しい』と言い残されたそうな」

「……それが、褒美かいや？」

「ほうだら。褒美だがね」

「あ、そう……」

と、返事をした後、辰蔵の顔をしばらく黙って見ていたが、やがて——

「綾女殿……亡くなられたのか……」

と、呆けたように独言した後、茂兵衛は朋輩に深く頭を下げ、悄然《しょうぜん》として辰蔵邸の門を出ていった。

木戸《きど》辰蔵には、去ってゆく茂兵衛の背中が妙に小さく見えた。

ことほど左様に、人とは不完全な生き物だと思う。戦場であれほど強く、頼もしい茂兵衛が、女性や愛情問題が絡むと悲しいほどに不器用で弱い。

ただ、辰蔵としては、恩義ある朋輩のために働けることが嬉しくもあった。この子を我が子と思い、大事に育てるだけで、友を助け、恩義に報いることができるのだから。

「これでええのよ」

背後から声がかかった。

茂兵衛の子を抱いたまま振り返ると、そこに立っていたのは乙部八兵衛だ。

「野郎は、女二人を同時に愛せるほど達者ではねェ。これでええのさ」

「ただ、綾女殿が亡くなったと聞いて、大層肩を落としておりましたから」

「内心では、ホッとしておるのではねェか？　ハハハ」

「……………」

辰蔵は乙部を強く睨んだ。こういう冗談では笑えない。

「そう怖い目で睨むな。では、どうすればよかったのか？　綾女は駿河で生きており、茂兵衛にまだ未練を持っておると正直に話した方がよかったのか？」

「そうは思いません。でも、茂兵衛の苦しむ姿を拙者は見たくない」

「そこは俺も同じよ。でもな、鬼手仏心《きしゅぶっしん》という言葉もある」

そう言った乙部の口元が、微かに笑っている。

「どうぞお帰り下さい。この子は拙者と妻が大事に育てまする。乙部様にも、綾女殿にも、そして茂兵衛にも決して迷惑はかけません」

と、乙部から顔を背け、辰蔵は唾を庭に吐いた。

本作品は、書き下ろしです。

双葉文庫

い-56-07

三河雑兵心得《みかわぞうひょうこころえ》

伊《い》賀《が》越《ごえ》仁《じん》義《ぎ》

2021年10月17日　第1刷発行
2024年 4 月12日　第9刷発行

【著者】
井原忠政《いはらただまさ》

【発行者】
箕浦克史
【発行所】
株式会社双葉社
〒162-8540 東京都新宿区東五軒町3番28号
［電話］03-5261-4818(営業部)　03-5261-4831(編集部)
www.futabasha.co.jp(双葉社の書籍・コミックが買えます)
【印刷所】
中央精版印刷株式会社
【製本所】
中央精版印刷株式会社

【フォーマット・デザイン】
日下潤一



ISBN978-4-575-67077-6 C0193
Printed in Japan